中公文庫

金メダル男

内村光良

中央公論新社

目次

金メダル男

やっぱり一番が好きなんです。
それを目指して一生懸命やっているときが、一番楽しいんです。
まったく我ながらとどまることを知らない懲りない男です。
1964年、東京オリンピックの年に生まれたわたしの宿命なんでしょうか。

1

第一章　塩尻の神童

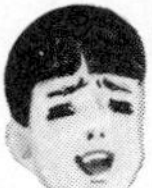

1964年、東京オリンピックが開催された年、東海道新幹線が開通、日本武道館が開館、ホテルニューオータニがオープン、森永『ハイクラウンチョコレート』、ロッテ『ガーナチョコレート』、カルビー『かっぱえびせん』が発売された年、わたしは生まれました。

秋田泉一《せんいち》と言います。

長野県塩尻市の出身です。

そう、日本が高度経済成長まっしぐらという時代に、わたしは生まれました。

え？　一旦止める？　あ、わたしの声、でかすぎました？　これくらいだとどうですか？　あ、はい、じゃあ、このトーンで続けます。他の方のご迷惑になってもいけないですしね。……実は昔、劇団に所属していたことがあったんですよ。はい、わたしが。それにこんな風に取材を受けるなんて久しぶりなもんだから、気合い入っちゃいましたかね。

あーあー、はい、このくらいの大きさで。

　しかしあれですね。今はボイスレコーダーも使わず、スマホにインタビューが録音できる時代なんですね。いやあ、マイクの性能の進化は、実に目覚ましいものがありますね。前に取材を受けたときは、今と違ってコードがついてる重たいマイクしかなかったから……。まぁ、かなり前のことですしね。そうそうマイクと言えば、子供の頃、ラジカセについていたマイクをテレビの前にこう近付けて、お気に入りの歌手の歌、よく録音したものです。トーク番組とかでそう話してる芸能人の方とかいますよね？　あれ本当にみんなやってたんですよ。わからない？　あなた、お若いですもんね。お幾つですか？　平成生まれ？　あれ、どうしました？　え、マイクの取材がしたくてわざわざここまで来たわけじゃない？　……すみません、話を戻してください。

　今日は、〝まもなく52歳になろうとしているわたしが、これまでどう生きてきて、来たる2020年に向けて何を思い、何をしているか〟についてお話しすればいいんですよね？　隔週で発行されている情報雑誌『アントニー』の取材……。いや、知らなかったです。『BRUTUS』はわかるんですけど……。そちらとは一切関係がない？　はぁ……。そこで掲載されている『東京オリンピック生まれの男』という連載ページの取材。大丈夫です、理解してます。1964年・東京オリンピック生まれのわたしたちが、2020年の東京オリンピックをどう迎えようとしているか、各界で活躍している人たちに順番に話を聞いている、と。

なに、1964年生まれの編集長の独断で続いている企画？　いや、わたしはいい企画だと思いますよ。送っていただいたバックナンバー読みました。温水洋一さんの回、とても面白かったです。今回、この秋田泉一に白羽の矢が立ったからには、同い年の編集長のためにも、一生懸命お話しさせていただきます……。

わたしの両親、秋田留一《りゅういち》と房江《ふさえ》は共に松本市内のデパートに勤務していました。父はネクタイ売り場、母はスカーフ売り場の担当。

社員食堂で顔を合わせる程度のふたりでしたが、1963年、会社の慰安旅行先の白骨《しらほね》温泉で一気に親密に……。お見合い結婚がまだ主流だった時代、当時流行《はや》り始めていた恋愛結婚の先駆けだったのでしょう。男女別に分けられた温泉場ののれんの前で偶然出くわしたりして、恋の炎は加速度的に燃え上がり、そのまま旅館の一室で合体、もとい、結ばれました。

まもなく母のお腹にわたしが宿り、翌1964年9月21日、この世に誕生したというわけです。

『こんにちは赤ちゃん』が白黒テレビやラジオからよく流れていた頃。2DKの古い借家が、結婚当初の秋田家の住まいでした。

父は小柄ながら筋肉質で人当たりのよい大らかな性格。ただ大雑把《おおざっぱ》過ぎるところがありました。家事手伝いなどほとんどやらない。亭主関白を気取ってはいましたが、実際は母の尻に敷かれていたと思います。

母は少し控えめな、それでいて一本芯の通った、強さと弱さの両面を持った可愛げのある人。背は高く、父と同じくらい。何より常にわたしの味方でいてくれる人でした。

ゆりかごの中、無邪気な顔でスヤスヤ眠っているわたしを見ながら、父と母はいつ終わるともない夫婦の会話を重ねたことでしょう。

「まさかなぁ、まさか一発でなぁ……」

「ええ温泉でまさかの一発……」

ふたりの視線の先には、砂壁に張られた〝命名・泉一〟と書かれた半紙。そう、「泉一」の泉は〝温泉〟の泉から来ています。

生まれた頃の記憶なんてもちろんありません。両親から聞いたり、アルバムで見たりした景色を元にお話ししています。

1歳のときにビートルズが来日したことも覚えていません。佐藤栄作総理大臣はいつの間にか知っていた感じ。

初めてその瞬間をはっきりと覚えているのは、テレビの生放送で見た1969年7月のアポロ11号、月面着陸の衛星中継。

「すべて順調、すべて順調……」

という同時通訳。扇風機の青い羽根からの風を顔に受けながら、

(日本人だけじゃない。世界中の人がみんな、いまこの瞬間、この中継を見ているんだあ)

と何となく感じたことを記憶しています。

テレビの力は偉大です。

『8時だョ！全員集合』や、幾度も再放送された『ウルトラマン』『ウルトラセブン』などに夢中になりテレビにかじりついていた頃から、わたしの記憶も次第にはっきりしてきます。

1960年代に「テレビっ子」という言葉が登場しましたが、まさに我らテレビっ子世代にとってテレビからの影響は以降も計り知れず、今後のわたしの話にもたびたび登場することでしょう。

記憶といえば、幼い頃のことって〝嬉《うれ》しい楽しい〟記憶よりも、不思議と〝悲しい怖い〟記憶のほうをより鮮明に覚えているものです。

理由まではわからないけれど、我がままが過ぎたのか、父に洗面器で思い切り尻を叩か

れたこと。

おもちゃを買ってくれとしつこく駄々をこねたのか、母に物置に閉じこめられたこと。

それから、『仮面ライダー』が始まった頃、6歳になったわたしが塩尻東小学校の入学式に向けて意気揚々と歩き出した途端、向かいの上村さん家《ち》の庭からシェパードが突進してきてふっ飛ばされた記憶もあります。

小学校の入学式という6歳児にとって一世一代の晴れの日に、そんな不幸な事態に襲われるなんて。真新しいランドセルを背負って颯爽《さっそう》と玄関のドアを開けたときにはまったく想像しなかったことが、1分後に起きる場合もあるのだと、その日わたしは学びました。

生きていくということは実に謎に満ちています。1分後のことすらわからない。ましてや明日のことなんて、誰にもわからない。

1973年10月。高度経済成長が息切れし、オイルショックの予兆が世間に現れ始めたある日、それまで漠然と生きてきたわたしに転機が訪れました。

小学校3年生、運動会の徒競走でのことでした。

先生に言われるまま、わたしは列に並んで走る順番を待っていました。クラスメイトたちは興奮と緊張の中、楽しそうに何やらしゃべっていましたが、友だちがいなかったわたしは静かに出走の瞬間《とき》を待つのみ。心細さから父兄席のテントに目をやると、ケンカでもしているのか、何やら険悪な雰囲気の両親の姿がありました。

前列の生徒たちが出走し、いよいよわたしの走る番がやってきました。徒競走の定番曲『クシコスポスト』にあおられ、心臓がバクバクしていたのを覚えています。

「位置について、よーい」

ピストルの音が鳴り響き、一斉に駆け出していく――。

4コースのわたしは懸命に走りました。

しかし、わたしよりはるかに速い2コース、3コースの生徒の背中にどうしても追いつくことができません。それでもつんのめるようにしてひたすら足を前に送ります。

頭の中は無。心の中も無。前へ前へ。

そこには、今まで体験したことのない不思議な高揚感がありました。

周囲の歓声や悲鳴が徐々に消えていき、気がつくとわたしは、風を切っていました。

前方に映るのはセパレートラインのみ。

左右の景色は瞬く間に流れていき、一人抜き二人抜き。そしてわたしは、なんと1着でゴールテープを切っていました。

「うおぉー!」

突如、現実なのか幻覚なのか、大歓声が湧き起こりました。上級生のお姉さんがそばまでやってきて、

「おめでとう、一等賞」

と言いながら、1の数字の旗のほうへ誘導してくれます。それはまるでファーストクラスへ誘導するCAさんのように。

首に掛けられたキラキラ、キラキラ輝く金紙のメダル。

ふわふわ夢心地で歩いていると、父兄席の両親が、さっきまでの険悪さを微塵《みじん》も感じさせない満面の笑みで喜んでいるのが目に入りました。

「やった、一等賞よ」

「すごいぞ、泉一！」

さっきまでわたしになんの興味や関心も抱いていなかったクラスメイトたちが、

「秋田って意外に足、速いのな」

と口ぐちに話す声も聞こえた気がしました。

「うわぁー！」

現実なのか幻覚なのか、わたしは両親やその他の父兄、先生、生徒たちからの地鳴りのような拍手喝采、歓声の嵐の中、天まで昇っていくような感覚にとらわれました。

これが一番を獲《と》るということなのだ。

一等賞。このなんと素晴らしき甘美な響き。

金メダル。この絶対王者、唯一無二の存在。

この日初めてわたしは、一番上に立つこと、輝くことの幸福感・優越感を知ったのでした。

そしてこれを機に、ありとあらゆる一等賞を獲ることにとりつかれた、わたしの数奇な人生が始まったのです。

奇跡は続きました。母親をモデルに絵を描いたところ、何と子供絵画コンクールで金賞を獲得したのです。『太陽にほえろ!』で松田優作演じるジーパン刑事を横目でチラチラ見ながら適当に、そう、まったく適当に描いたにもかかわらず、金賞。

タイトル『お母さん』。

テーブルに肘《ひじ》をつき物思いにふける母の姿を描きました。

「失敗したかなぁ」

これは意図せずモデルを務めさせられた母の独り言。あとで知ったのですが、このときの母は真剣に離婚を考えていたようです。

快進撃は続きます。4年生に進級したわたしは、練習なしの一発勝負で半紙に『非凡』としたためると、書道コンテストに応募しました。これが見事、特選に選ばれました。

さらに図画工作コンクールでも大賞を受賞。作ったのは、得体の知れない黒雲のような形をした工作物。制作期間40分。

タイトル『ウォーターゲート事件』。

当時、頻繁《ひんぱん》にニュースで流れていたこの言葉を思いつきでタイトルにしてみたら、またも快挙を達成したのです。

ある日、玄関先で父が話し掛けてきました。

「泉一、お前には一番の才能がある」

「一番の才能？」

「ああ。だからこの調子で金メダルじゃんじゃん獲っていけ！」

「うん！」

今思うと、父は何の気なしに言ったのでしょう。

けれど、子供にとって父親の言葉は絶対です。わたしは、自分には一番の才能があるのだと素直に信じ、ニンマリと笑いました。

実際、一等賞獲得の連続で自信に満ち溢《あふ》れていたわたし。この小学3年からの急激な伸び。当時のわたしの才能は咲き乱れていました。

父はわたしを優しく見つめたあと、そっと家を出ていきました。少しして、

「あんたぁーー！！！」

と母が奥から駆け出して来ました。怒り狂う母の手が握りしめていたのは「探さないで

下さい」と書かれた父からの置き手紙。

そう、父・留一は、わたしにはいつも優しい父でしたが、「一つところに留まる」というその名の由来に反し、放浪癖がありました。最初は1週間。次に1か月、やがて3か月と徐々に家を空ける期間は伸びていきました。

「行ってらっしゃーーい」

この頃になると、わたしも慣れたものです。

「早く帰ってきてねぇ」

その土地土地のお土産を期待しながら笑顔で送り出しました。背後で、居間に置かれたラジオから森進一の『襟裳岬《えりもみさき》』が流れていたことを覚えています。

父の言葉に後押しされ、わたしはさらに一等賞を獲ることにのめりこんでいきました。いくつか続けて金メダルを獲ったことで、すでに周りからは〝塩尻の神童〟と呼ばれるようになっていました。今度はスポーツに、その目を向けていきます。

1974年9月、塩尻東小学校をあげてのドッジボール大会が開催され、わたしのいる4年3組は、トーナメント一回戦で1組と対戦することになりました。

はりきりました。駆けっこ一等賞で明らかになった抜群の運動能力をここでも存分に発揮し、相手チームに次々とボールを当てていきました。

しかし、力が拮抗《きっこう》している同学年対決。味方チームもことごとく当てられてしまいます。ついにコート内に残るはわたし一人になり、懸命にボールをかわすも相手は5人、粘りの末にとうとう当てられ、4年3組は一回戦で敗退することとなりました。

久しぶりの敗北はやはり不愉快極まりなく、わたしは団体競技の限界を痛感しました。

（チームプレイにおいては、自分一人がどんなに頑張ったところで一等賞を手にすることはできないのだ）

〝神童〟と遠巻きに呼んでくれる人はいても、相変わらず友だちがいなかったわたし。判断を下すのに時間は掛かりませんでした。

（ここは自分の居場所ではない）

ミスター・ジャイアンツが引退、日本中が『ノストラダムスの大予言』に踊らされていたこの頃、10歳にしてわたしは、団体行動という人間社会において必要不可欠な活動に見切りをつけたのでした。

でも、まだ目の前に獲物はごろごろと転がっています。小学5年生になったわたしは、個人競技に新たな活路を見出していきました。

次に挑戦したのは水泳。

ホイッスルの音と共に華麗なフォームで飛び込むと、他を引き離しグングン、そうグングン進んでいきました。水中のわたしにも、プールサイドの同級生たちの歓声は聞こえていました。

「すげぇな、2組の秋田」

「一切息継ぎしてねぇぞ」

「無呼吸泳法⁉」

「無呼吸王！」

多分こんなことを言ってたんだと思います、多分。

わたしは、50メートル自由形を息継ぎなしで泳ぎ切るという生死の境ギリギリの無呼吸泳法で、地区大会、断トツ1位に輝いたのです。

しかし、ここで思いもかけない事態に遭遇しました。——異性。

市の選抜に入ったわたしは、一つ年上、6年生の黒木よう子さんと一緒に練習をすることになりました。

それが、いけなかった。

彼女の端正な顔立ち。スラリと伸びた肢体。そして水着からもわかる少し膨らんだ胸。性の目覚めは、どうにも抑えようがありませんでした。彼女が視界に入るたび、わたしの中の煩悩という人間の業《ごう》がめらめらと、そう、めらめらと燃えあがっていったのです。

黒木さんは隣のコースで練習をしていました。無論、集中なんてできません。気になってしょうがない。顔や身体を見たくて仕方がない。どうしたらいい、どうしたら黒木さんを見られるんだ。そればっかり考えるようになりました。

そしてある日の大事なタイムレースのとき、ついにわたしは顔を右に向け、右隣で泳ぐ黒木さんの肢体を凝視してしまったのでした。

「プハァーッ‼」

それは〝無呼吸王〟だったわたしが、その座を捨て、黒木さんを見たいがために息継ぎを始めた瞬間でもありました。

(きれいだぁ……)

眼球に飛び込む、彼女の少し苦しそうな顔。それが余計にわたしの心を揺さぶりました。

(見たい。もっと見たい！)

もはや、その衝動を抑えることなどできませんでした。無呼吸王だったわたしの息継ぎは、次第に多くなっていきました。

右にいたら、右呼吸。左にいたら、左呼吸。

(黒木さん。黒木さん！　黒木さーん‼)

結果、タイムはガタ落ち。わたしは選抜チームから外されました。

性に負けて味わった、初めての挫折。

山口百恵ならぬ、秋田泉一の『ひと夏の経験』でした。

しかし、これでへこたれるわたしではありません。煩悩を断ち切るため水泳から足を洗うと、続いて剣の道へと歩み始めました。

かねて我ながら不思議に感じていましたが、あらゆることに対するわたしの習得能力は異常なレベルと言えます。剣道でもその能力をいかんなく発揮すると、入部して1か月で同学年の生徒全員に打ち勝ってしまいました。

「小手、小手、小手、小手、小手！」

相手が動こうとするところを逃さず、小手で一本を取ることに快感を覚えました。以降、すべての試合で、剣道の技にあって最も地味な、最も華のない小手一本で勝利を収めていったわたし。いつしか周囲から〝小手男爵〟と呼ばれ始めました。

秋になり、剣の道でさらなる高みを目指せると考えたわたしは、県南の大規模な剣道大会に参加しました。

しかし、個人戦において小手一本で準決勝まで順調に勝ち上がっていったわたしの前に、またも異性という名の巨大な壁が立ちはだかったのです。

女剣士・間宮凛子《りんこ》。

その名の通り〝凛〟とした立ち姿は他を圧倒していました。真っ白な胴着。袴に赤い胴。

それらが一層彼女の美しさを際立たせていました。スキー場のスキーウェア同様、道場の胴着がもたらす〝剣道マジック〟もあったかもしれません。

（いかん、いかん）

わたしは邪念を消すことに専心し、蹲踞《そんきょ》の構えから立ち上がると、

「ヒエヤァァーーー!!」

と奇声を発し、いつものように小手一本で試合に挑みました。

「小手、小手、小手、小手、小手！」

しかし彼女はあざ笑うかの如《ごと》く、さらりとしなやかにかわす。

「小手、小手、小手、小手、小手！」

つばぜり合い。このとき初めて、面越しに彼女のどアップの顔を直視したわたしはたじろぎました。

（きれいだぁ……）

その上、彼女の荒く甘い吐息がわたしの鼻腔《びくう》を強烈に刺激し、一瞬立ちくらみを覚えるほど。

（いい匂いだぁ……）

それは脳天を狂わせました。思わずクラッとよろめいたとき、彼女の引き面がズバッと決まり、赤い旗が３本あがりました。

「一本！」

完全なる敗北。わたしの2度目の挫折でした。

くじけそうになる心を必死に立て直し、深々と礼をして立ち去るわたしの脳裏に、ふいに『22歳の別れ』のメロディがよぎりました。

我ながら不思議に感じていたあらゆることに対する習得能力の早さの一方、薄々自覚してはいました。

金メダルを目指すにおいて女は危険な存在なのではないかしら、と。

11歳。休み時間、伸びをしている女子の胸についつい目がいったり、体育の時間、ブルマから覗く太ももに心がざわついたり、日に日に変わりゆく自分。その戸惑いに、水泳・剣道での挫折からくる後悔が加わり、わたしは誰にも言えぬ〝性〟への罪悪感にさいなまれました。

一番を目指さなくてはならない身だというのに、女の子のことばっかり考えてしまうなんて清廉ではない。

（……もう女には近付かない）

わたしは恥じ、以降、異性との距離を遠ざけることを固く心に誓い、その証として小手の奥義《おうぎ》を捨て、剣の道から離れることを己に課したのでした。何も小手にとらわれず、面や胴など他の技も極めていけば良いものを、一度ダメだと思ったらすぐに他の道へ進んでしまう。これもわたしの愚直な特性でした。

この二度の屈辱で落ち込むどころか、異性という煩悩を断ち切ったわたしは、一等賞を獲ることにさらにムキになっていきました。

『Gメン'75のテーマ』を心の中で奏でながら、大会・コンテストと名の付くものを目にすれば耳にすれば、果敢に挑戦していきました。

町のけん玉大会においてもそのずば抜けた習得能力で、すぐさまチャンピオンに。また、その年大流行したスーパーヨーヨーの小学生大会でも、〝犬の散歩〟〝ブランコ〟〝輪投げ〟〝W輪投げ〟など難しい技を次々に繰り出し、一躍時の人に。さらに、ビリヤード大会小学生の部、難なく優勝。〝塩尻のハスラー〟との異名を獲得。阿礼神社のお祭りで行われた金魚すくい大会では、わずか12秒で全金魚をゲット。続く夏のキャンプでも、火起こし大会に挑み5・6秒で着火という最短記録を樹立。田川上流の河原で開かれた鮎《あゆ》のつかみ取り大会においても、わずか5分で52匹をつかみ取るという快挙を達成。まさに秋田泉一黄金時代の到来です。

秋の高ボッチ高原での大声コンテストでは、

「お父さーーーん。ここにいるよーー!!」

と、この一声でもちろん優勝。叫んだのは、当時、何度目かの自分探しの旅に出ていた父親へ向けたメッセージ。

優勝のご褒美か、3日後、父が帰ってきました。

「お帰りなさい」

「よっ！　元気してたか？」

一等を獲ると、このように思いがけない幸せも舞い込んできたりします。

「あんたぁーーー‼　今までどこほっつき歩いてたのよ！」

母による殴る蹴るの暴行もある意味、放浪から父が戻るたびに繰り広げられる秋田家の恒例行事。

お土産の雲仙の長三角形のペナントを眺めながら、わたしは父に見せようと大声コンテストのトロフィーを抱え、夫婦の儀式が終わるのを気長に待ちました。

6年生になった頃には、〝塩尻の神童〟〝孤高の天才〟の名は、県下に轟《とどろ》いていました。

そして年が明け、もうすぐ卒業といった空気が漂っていたある日の放課後、わたしは担任の川原先生に廊下で呼び止められました。

「秋田、お前は将来何になりたいんだ」

何気ない先生の問いかけに、周囲の高まりゆく期待を感じました。

「はい、一番です」

まっすぐ目を見て答えました。

「ん？　何の？」

「すべてにおいて一番になることです」

確信に満ちたわたしの返答に反比例するかのように、呑気《のんき》そのものだった川原先生はみるみる困った表情となり、黙りこんでしまいました。

意外すぎる反応。だって、

「一番を目指すのはいいこと、正しいこと。やらないであきらめるのは、悪いこと」

その絶対的な価値観を教えてくれたのは学校や先生たちです。一等賞を獲ったときに感じられる達成感や喜び、そして努力することの大切さ……、いつも大人が語っていることじゃありませんか。

「ええ、わかってます、先生の言いたいこと。それは不可能なのではないか、と……」

わたしは、川原先生の考えを汲《く》み取るように続けました。

「でも、できないと思うからできないのではないでしょうか。できると思えばできるのではないでしょうか。あきらめない心、それが大事なのではないでしょうか。それが人間なのではないでしょうか。駆けっこ一等賞以来、僕はあらゆることにチャレンジしてきました。そして、そのほとんどをものにしてきました。ええ、確かに水泳、剣道では惨敗しました。そのことは忘れていません。……でも、そうやすやすとあきらめたくないんです。

まだ僕は自分の可能性を信じているんです。誰もやってないことにチャレンジしてみたいんです。……〝すべてにおいて一番に〟。これが僕の将来の夢です！」

胸を張り、誇らしげに語り終えたわたしに向けられた、川原先生の、あの何とも言えない複雑な表情。今でも鮮明に覚えています。

「……中学にいってゆっくり考えなさい」

（えーー‼）

まさかの責任放棄。憐《あわ》れむような一瞥《いちべつ》をくれたのち、川原先生は廊下を去っていきました。

どうやら、わたしという存在は川原先生の常識の範疇《はんちゅう》を超えていたようです。

こうしてわたしの小学校時代は幕を閉じたのでした。

１９７７年、満開の桜の中、わたしは大志を抱き塩尻市立第二中学校に進学しました。塩尻二中は、家からは東小よりも離れたところにありました。詰襟の制服を着て颯爽と登校していくわたし。

「おい、あれ、秋田泉一」

「え、あれが秋田？　もっとでっかいイメージあったけど、意外に背ちっちゃいな」

聞こえないふりをしましたが、周囲のヒソヒソ声は完全に耳に届いていました。噂《うわさ》はすでに広まっており、一目置く者、冷やかす者、遠巻きに眺める者など、様々でした。

「あいつ〝塩尻の神童〟なんだろ？」

「うちの学校じゃ〝ミスター・ナンバー1〟って呼ばれてたよ」

「……塩尻の金メダル男」

それらの声に読み取るは、7割の羨望と3割の嘲笑……いや、塩尻という、純朴な田舎の中学だったことに鑑《かんが》みると、半ば賞賛、半ば冷笑とまで言ってもいいかもしれません。

仕方がないと思いました。

神童とは孤独なもの。

これまでずっと、クラスメイトとは一定の距離を置いてひとりぼっちで日々を送っていました。

あえて友だちを作ってこなかったわけではなく、ただ単に、できなかった。

あらゆることの一等賞を目指し、そのこと以外には脇目も振らず猛進するわたしは、同級生たちからすると理解不能な存在だったのでしょう。

そんなわたしを校門をくぐった先で待ち受けていたのは、新入生の部活勧誘の嵐でした。

類い稀《まれ》な身体能力と習得能力を持つわたしは、友だちとしては相容《あいい》れないだろうけれど、部活のメンバーとしては当然の如く引っ張りダコだったのです。

野球部、柔道部、サッカー部、書道部、ブラスバンド部などなど。体育系・文化系を問わずありとあらゆるクラブから誘いを受け、校内各所でスーパールーキーをめぐる争奪戦が勃発しました。

（気持ちいい……）

わたしは内心、悦に入ってました。

〝どこにも興味がある〟といった、恋の駆け引きのような焦《じ》らし作戦で、快感を引っ張るだけ引っ張って、最終的に選んだのは体操部でした。

去年のモントリオール・オリンピックのテレビ中継で観た体操という世界。人類初の10点満点を何度もたたき出した妖精ナディア・コマネチ、そして最後の塚原の鉄棒で決めた日本男子体操団体の逆転金メダル……。金メダルという最高の栄誉に、夢中になりました。感化されたわたしは、将来のゴールドメダリストを目指すべく入部したのです。

「塩尻の神童、体操部へ」

このニュースはたちまち全校を駆け巡り、先輩部員たちはこぞって大歓迎してくれました。

体育館では体操部以外の、バスケット部や卓球部の生徒たちも一様にみんな、わたしへ熱い視線を向けてきました。

これこれ、これです。

注目を浴び胸が躍りました。

脳内で奏でるBGMは、ジュリーの『勝手にしやがれ』。

持ち前の運動神経で、入部3日にして前方宙返りをマスターしたわたしに、顧問の西村先生も驚嘆の声をあげました。

「秋田、おまえ天才だな」

有頂天になったわたしは続いてバック転に挑戦しました。これも、先輩の補助を2、3度借りただけですぐにマスターしました。

気をよくし、続いてロンダートからのバック宙に挑みます。

「それはさすがにやめたほうがいい」

「秋田君、順を追ってやっていかないと危険だ」

慌てた先生や先輩たちは口々に止めました。けれどわたしは、うっすらと微笑《ほほえ》み言い放ちました。

「大丈夫です。補助はいりません」

わたしは縦に並べられたマットをにらみつけると、そこに向かって突進していきました。

タタタンとテンポ良く足を走らせ、両腕を振り上げロンダートへ移行していく。

うまくいった！

続いて体をひねり、足でマットを踏みしめ、そのまま後方への宙返り——。

しかし、やはり慢心だったのでしょう。ここで方向感覚を失ってしまいました。わたしの体は空中へ放り出されると、そのままデクノボウのようにマットのライン上から外れ、直接床に落下しました。

グキッ、ドスンという鈍い音がしたのち、体育館中に悲鳴がこだましました。

「大丈夫？　秋田君、大丈夫？」

落下した際、右足首を骨折した模様で、わたしは顔を歪《ゆが》めたまま苦しみにあえぐばかりでした。

「おい、担架持って来い！　救急車を呼べ！」

西村先生の声が目の前の暗黒で聞こえ、そのまま無様な格好で担架に運ばれると、市内の総合病院へ搬送されました。

全治2か月。

これがなかったら、この怪我《けが》さえなかったら、わたしは、今で言うところの内村航平選手のようになっていたかもしれません。

しかし、今回もわたしはへこたれませんでした。

最初に選んだ体操部が向いていなかっただけのこと。

付き添いの部長が呆《あき》れるのにも構わず、入院と同時に退部届を出すと、驚異の回復力で退院し、復帰初日、今度は陸上部に入りました。

理由は簡単明瞭。

個人種目がたくさんあるから。

小学校4年のドッジボールで見切りをつけた団体競技への抵抗感は変わらず、授業中も休み時間もひとりぼっちで過ごすことしか知らないわたしには当然の選択でした。

いざ復活のとき。心の中では『ロッキー』のテーマ曲が鳴り響いていました。わたしはまたしても未知の領域に足を踏み入れていったのです。

まずは原点回帰、100メートル走に参加しました。あの小学3年の一等賞以来、徒競走には絶対の自信を持っていました。

しかし、各小学校から多くの生徒が集まった中学校は、これまでとは勝手が違っていました。

ホイッスルの音と共に走り出すと、最初こそ1位の風を切っていたものの、後半になるにつれ一人、二人と追い抜かれていったのです。

それでもつんのめるようにして、ひたすら足を前に送り出す。

頭の中は無。心の中も無。前へ前へ。

けれど、どうにも抗《あらが》えない。

骨折の後遺症もあってか、結果は5着。そこにはかつて感じた高揚感の欠片《かけら》もなく、あるのはただ、惨めさだけでした。

身長が10センチ以上高い同級生たちの傍らで、わたしはうなだれました。

そう、成長期が始まりニョキニョキと手足を長くしていく同級生たちに対し、わたしの身長は中学に入っても一向に伸びる気配がなく、次第にクラスで小さいほうになっていたのでした。

神童も人の子。この身体的限界は大きかった。

その後、やり投げ、砲丸投げ、円盤投げ、ハンマー投げ、ハードル走、400メートル走、800メートル走と貪欲にチャレンジしましたが、どれもパッとしませんでした。いたって凡庸なタイム。

(こ、こんなはずじゃぁ……。どうした、駆けっこ一等賞)

わたしは陸上競技に別れを告げると、目を皿のようにして次なる獲物を模索しました。

陸上部を退部して5日後、テニス部に入部しました。ダブルスは断固拒否。シングルス一本で勝負です。〝塩尻のビョルン・ボルグ〟を目指し大会に挑みましたが、予選敗退。もちろんすぐに退部しました。

間を置かず、卓球部に入部。今度もダブルスは断固拒否。シングルスで秋の新人戦に挑むも、まさかの初戦敗退。そして退部。

飛ぶ鳥を落とす勢いだった者が、落ちぶれていく――。

こういうとき、世間の目は冷たく鋭いものです。

「秋田って、実は、たいしたことねぇんじゃねぇの?」

「ミスター・ナンバー1も小学生止まりってことか」

恐れていた囁《ささや》きが洩《も》れ始めました。

もしかしたら、自ら驚異の習得能力と呼んでいたものは、塩尻東小学校内では習得が〝早いほう〟というだけだったのか。〝神童〟だと思っていたのは、まさかわたしの勘違い……?

「焦り」の2文字が、頭の中を駆け巡りました。

商店街に渡辺真知子の『迷い道』が流れる中、わたしは軌道修正をはかろうと必死でした。

(ここは一旦スポーツから離れてみよう)

さんざん思案したのち、わたしはいまだ手つかずの荒野に希望を見出しました。

長野県のテレビ局が年に一度開催する、中学生英語スピーチコンテストに参加することにしたのです。体育系でダメなら、文化系。独学でスピーチ原稿を作り上げると、松本市民会館へと単身乗り込んでいきました。

大勢の観客や審査員が見守る中、壇上に立ち、堂々と聴衆に語り掛けるように話し始めました。

「The day when war disappear from this world,（この世界から戦争が無くなる日）
I wonder when that will be.（それはいつなんでしょう）
What we junior high school students can do now,（中学生の今の私たちにできること）
Is might be insignificant.（それは微々たるものかもしれません）
If we do nothing, nothing will happen.（でも何もしなければ、何も始まらない）
Boys, be ambitious！（少年よ、大志を抱け）
To be, or not to be. That is the question！（生きるべきか死ぬべきか、それが問題だ）
Love can save the Earth！（愛は地球を救う）
Space battleship YAMATO in leaving！（旅立つ船は宇宙戦艦ヤマト）」

結果は、32人中31位。

ある審査員の評。「気持ちがまったく伝わってこなかった」

そりゃあそうでしょう。このテーマなら優勝できるんじゃないか、という安易な発想で原稿を書いたんですから。実際には世界平和のことなんて、これっぽっちも考えていませんでしたから。しかも後半はパクリの連続。

こうして、わたしは奈落の底に落ちていきました。

Boys, be ambitious

表舞台からの退場。もう校内には、わたしに注目する者など誰もいませんでした。

クラスメイトたちは部活に恋愛に、みんなそれぞれに青春を謳歌《おうか》していました。

けれどわたしは、何の目的もなく日々を怠惰に過ごすのみ。何の野心も抱かず完全に帰宅部と化していました。

登下校もひとり、教室の休み時間もひとり。

ただボーーっと窓からの景色を眺めるだけ。校庭で遊んでいる子たちや向かい側の教室で楽しくおしゃべりしている生徒たちをただただ眺めているだけ。学校帰りに、当時流行していたインベーダーゲームに興じる同級生たちもよく見かけました。そこに羨ましさや憧れはなく、けれど何とも言えない虚無感にさいなまれていました。

家でも漠然とテレビを観ているだけ。

NHKの大河ドラマが始まり、『黄金の日日』というタイトルがドンと大きく映ったとき、ふいに小学生時代、あの無敵だった黄金の日々の記憶が蘇《よみがえ》ってきました。

（あの頃は楽しかったぁ）

ひとり思い出しては俯《うつむ》いて笑みを浮かべるわたしを、両親は心配そうに見ていました。

たまりかねた父が尋ねました。

「泉一、おまえ今、部活は何やってんだ」

「何にもやってないよ」

「そうか……。いいのか、何もやらなくて」

「うん、いい」

「勉強はどうだ」

「うん、普通」

「普通って何だ」

「だから……、それなりにやってるよ」

耐え切れず立ち上がると、ブラウン管で繰り広げられる納屋助左衛門の動向に未練を残しながら、自分の部屋へと逃げだしました。

「おい、どこ行く？」

酒も手伝ってかおさまらない様子の父。

「あんた、もう今日はいいから」

背中越しに聞こえる母の声。

このときのわたしは、まさに自分の道を見失っていました。過去の栄光は今いずこ。

〝塩尻の元金メダル男〟に成り下がったわたし。

（誰も知らないところに逃げてしまいたい……）

落ちぶれたわたしに注がれる周囲の視線が怖かった。惨めでした。暗い部屋にこもると、

『勝手にシンドバッド』を繰り返し聴き心をなぐさめました。

季節は過ぎてゆき、1979年4月、わたしは中学3年生に進級しました。依然取り組むべき対象も見つからず、何に対しても興味を持つこともなく、毎日をダラダラ過ごすばかり。

しかし梅雨の頃、衣替えの時期に、すべてが変わったのでした。それは、ブレザーを脱ぎ捨て白いブラウス一枚に身を包む薄着の季節。わたしは、興味と関心が極度に集中することを禁じ得ない奇跡の対象と出会い、それによって、長らく固く禁じてきた例の封印を解くことを余儀なくされたのでした。——異性。

ある日を境に、わたしは、前の席に座っていた安田ひとみさんのこと以外、何も考えられなくなりました。

白いブラウスと共に突如目の前にあらわれた、背中越しに透ける白いブラのライン。すぐ後ろに座るわたしの視線は、何度引っぺがしてもそこにいってしまいました。

(安田さんのブラジャー……)

授業時間は、悪びれずに視線を前に向け続けられる天国の時間へと変容。

男性の方々はわかってくれると思います。目がブラのラインに吸いつけられてしまいどうにも戻せない、あの状況。思春期だから仕方がない。そんな一言で片付けたくなる、あの状態。

　学年一の美人、塩尻二中のマドンナといわれた安田さん。やや短めの少しウェーブがかかった黒い髪。端正な顔立ち。クルクルとよく動く大きな瞳。少し厚めの唇が男心をそそるとでも言いましょうか。成績もよく、いつも真面目に授業に聞き入る安田さんの背中を、毎日、ひたすら凝視しました。

　わたしの習得能力が驚異か否かは、人によって評価が分かれるところでしょう。ただ、かねて我ながらこれだけは断言できると思うのです。わたしの、〝これ！〟というものを見つけたときの集中力と行動力は、超人的なものがある、と。

　ここのところ行き場を失っていた一等賞に向けての全エネルギーは、コントロール不能な思春期の性衝動と相まって、安田さんという新たな獲物を前に、爆発寸前のマグマと化していました。

　次第にわたしのねじまがった欲望は歯止めが利かなくなってきました。授業中、時々ふいに後ろを振り返る安田さんと目が合うたび、ドキドキし、もっと話したい、もっと触れてみたいという欲求に苦しみました。

　そして、来る日も来る日も安田さんの白いブラのラインを見つめ続けたわたしは、あるひとつの盲目的かつご都合主義的な結論に辿《たど》り着いたのでした。

（学年一の美人と付き合えたら、それはある意味、一等賞なのではないだろうか！）

中3男子の本能と、わたしのアイデンティティである一等賞への欲求が同じ方向を向いたとなれば、やるべきことはひとつしかありません。

体操部時代の怪我で無計画の愚かしさを学習していたわたしは、まず、安田さんの日々の行動パターンの入念なリサーチに取り組みました。把握したパターンに基づき、少しずつ安田さんに接近を図る戦略。

己の知能犯ぶりにくらくらしました。

当時を振り返ると、今でいうストーカーの一歩手前、いや、犯罪の一線こそ踏み越えなかっただけで、ほぼストーカーだったかもしれません。

ジョギングが趣味になったと両親にウソをついて、毎日朝夕2回、自分の家から安田さんの家まで往復し、安田さんの情報収集に努めました。

家の庭に安田さんのピンク色の自転車があれば、2階の安田さんの部屋と思《おぼ》しき窓を見つめ、自転車がないときは、帰宅する安田さんとの偶然の遭遇を期待し、安田さんの家の周囲を怪しまれないように3周して帰りました。

どんな些細《ささい》なことも知りたくて、クラスの女子の会話に耳を澄ませました。3歳年下の弟と一緒に、毎晩、ぶら下がり健康器にぶら下がっていること。隣のクラスの中野さんと仲が良く、ふたりで交換ノートをしていること。水色が好きなこと。将来、通訳になりたいと考えていること。

安田さんとの交流時間を1秒でも長引かせようと、授業中、プリントを回すため安田さんがこちらを振り向いた際は、わざとプリントがうまく受け取れないふりをしました。

夏休みが終わり、新学期が始まるのを機に、いよいよわたしは、ターゲットとの直接接触へと段階を移行しました。

昼休み、安田さんはほぼ毎日のように図書館で本を読んでいました。そこへさり気なく近付くわたし。

「あ、安田さん。何読んでるの？」

「ああ、秋田君。これ、赤川次郎」

「ああ、『死者の学園祭』。面白いよね。今までにないミステリータッチだと思う、僕は」

全編読んだかのように出まかせをちりばめながら、巧妙に話を合わせました。

もちろん読んでなんかいません。すべて近所に住むいとこの受け売りです。あんちゃん、ありがとう。

用意周到な作戦は成功。いつしか昼休みの図書館で顔を合わせるのが通例となっていきました。

「うん、僕も読書に目覚めたのは星新一かも。おじいさんの家にあった『ボッコちゃん』。あれを読んでからかなぁ」

うっすらとした記憶を手繰り寄せ、あたかも読書家であるように振る舞う。安田さんの大きな瞳はキラキラと輝き、わたしと本の話をする時間を楽しんでいるという手ごたえがありました。

ある雨の放課後、昇降口で雨やどりをする安田さんの姿を見つけたわたしは、偶然を装い通りかかりました。

「安田さん、カサ持って来なかったんだ」

見ればわかることを口にして話のきっかけに。

「うん、天気予報をちゃんと見てきたらよかった」

「ははは。そうだね。……あ、よかったらこれ使って」

わたしは、さもたまたま思いついたという体《てい》で自分のカサを差し出しました。

「え、でも秋田君、困るでしょ。濡れちゃうよ」

「大丈夫大丈夫。俺んちすぐそこだから。……じゃ」

「あ、秋田君！」

無理矢理カサを手渡すと、わたしは安田さんの声を背中に聞きながら校門へと走り出しました。

振り向かなくてもわかります。安田さんの視線は間違いなくわたしの背中を熱く追っている、と。

（完璧だーー!!）

どしゃ降りの雨の中、会心の笑顔で走り続けました。大粒の雨が顔に心地よく突き刺さります。

家まで、本当は20分ばかり掛かりました。

けれどそんなことはどうでもよかった。

全身びしょ濡れのまま満面の笑みで走っているわたしを目撃した近所の人たちは、薄気味悪かったと後日、噂していたそうです。

こうして、安田さんとの距離はどんどん縮まっていきました。

ひと雨ごとに肌寒くなってきた10月の終わり、もうすぐ文化祭という頃のこと。わたしたちのクラスは文化祭で模擬喫茶店を開くことになりました。

みんなで放課後に残って、飾り付けや衣装、テーブルセッティングの準備に追われる日々。安田さん恋しさで、わたしも、これまでになく積極的に参加しました。

暗くなっても学校でみんなと過ごすなんて初めてのことでした。

楽しかった。

先生の目を盗んでこっそり飴《あめ》をあげっこする。作業の手を休めて、西城秀樹の『ヤングマン』をがなりあったりする。決して口には出さなかったけれど、わたしはこのとき、10

歳にして見切りをつけた団体行動の素晴らしさを感じ取っていたのかもしれません。

そして、11月に入った文化祭前日、ついにチャンスが訪れました。

模擬喫茶店、最後の飾り付け。居残ったのは、わたしと安田さんふたりきりでした。

(他にも作業はいろいろあるのに、わざわざ同じ飾り付けの担当を選ぶなんて、もしかしたら安田さんも、俺のこと……)

確信めいた予感に心臓は高鳴りましたが、ポーカーフェイスを気取って色とりどりの壁紙を淡々と張り付けていきました。

様子をチラッとうかがう。安田さんの真剣なその表情。その手。……その首筋。その胸元。……そしてスカートからスラリと伸びた白い脚。

気付かれないよう注意しながらも、しかしどうしてもわたしの視線は安田さんの身体へとまとわりついてしまう。

声は平静を装いましたが、何を話しているか自分でよくわからないまま言葉だけがふわふわ宙を飛び交っていました。

「終わったぁ。これで大丈夫だよね」

「うん、大丈夫。明日の朝、先生に最終確認してもらって。……うん、いけると思う」

「あぁー、疲れた」

「ほんと。わぁ、もう真っ暗だね」

「ほんとだ。わぁ、もう7時半過ぎてる」

「よし、帰ろう」

安田さんとふたりきりでの下校に、心臓のバクバクが止まりませんでした。靴箱から外靴を取り出す手が震えていたのを覚えています。

他愛もない会話をしながら正門を出ていきます。あたりの街灯は寂しく、通学路の店々もほとんどが閉まっていました。

「下田君、朝一番でコーヒー豆を持って来るって張り切ってた」

「『喫茶レモン』の息子だもんな。今回、大活躍だよね」

「聡子の家も五時起きで作り始めるって」

「いつも店で出すケーキより凝ってたりして」

「アハハ、聡子のお父さん、力入りそう」

しかし、そうそうは会話が続かず、いつしか無言になりました。

田川にさしかかり、沈黙したまま川沿いの道を並んで歩いていきました。あたりはほとんど真っ暗で、心もとない気分に拍車が掛かります。

やがて小さな公園が見えてくると、そこだけぼんやりと街灯が点《とも》っていました。

ほのかに照らされる安田さんの横顔。それは中学生男子を駆り立てるには十分過ぎるロマンティックなシチュエーションでした。

わたしは意を決して、足を止め、安田さんのほうにしっかりと向き直りました。

「俺、俺さ、俺、安田さんのこと……」

生まれて初めての告白。

しかし、安田さんもさるもの。俊敏に気配を察すると、わたしの顔の前にサッと右手を出し、それ以上の言葉を制しました。

「秋田君、私ね、好きな人がいるの」

想像もしていなかった展開でした。

「……好きな人？　だ、誰？」

愚かな問い。

「……古賀君」

「こ、古賀⁉」

(ウソだろ⁉　俺の後ろの席の、見た感じさっぱり冴えないあの古賀⁉　こんな美人の安田さんが⁉)

刹那、わたしは気付きました。

授業中に、ときどき振り返って笑顔を見せた安田さんの視線の先は、わたしではなく、わたしを飛ばして後ろの席に座る古賀であったのだ、と。

何という勘違い。

恥ずかしさで全身がカーっと熱くなりました。

それでも、もう言わずにはいられなかった。安田さんが一方的に好きなだけで、古賀と付き合っているわけじゃないのなら、まだ可能性はある。

「でも俺、それでも安田さんのことが好きだ!!」

「ごめんなさい！」

間髪入れずそう応じると、安田さんは足早に去っていきました。

取り残されたわたしを、虫たちの密集した街灯があざ笑っていました。

こうして初めての告白は、初めての失恋と共に青春の一ページに書き留められました。

15歳。秋が深まりゆく中、茫然《ぼうぜん》自失状態で帰宅したわたしは、失恋の痛みに身もだえました。

何でしょう、このフラれるという事態。フラれてみないとわかりゃせん、この気持ち。この、お先真っ暗な人生の烙印《らくいん》を押されたような、何の力も出ない感じ。辛い、辛すぎる……。

あきらめの悪いわたしは、夕食もとらず自室に引きこもると、家出中で父がいないのをいいことに、母が寝るのを待ち、グレーのアディダスのスウェット姿でどんなに足音を忍ばせてもキューと音を立てる古い廊下の板に注意しながら玄関まで行くと、そっと家を抜け出しました。

深夜2時を過ぎていたでしょうか。

塩尻の秋の夜は冷気が骨に直接に沁《し》み、漆黒の闇の中、人っ子ひとり通らない道をひた走るわたしの吐息だけが白く、満天の星空に北斗七星がやけに大きくその存在を主張していました。

（フラれたからには、あそこへ行くのも、今日で終わりにしなくてはいけないんだ……）

認めたくない現実が、足取りを重たくします。煩悶《はんもん》の末に辿り着いた安田さんの家は、当然真っ暗で、物音ひとつしませんでした。

わたしはいつもの場所に立つと、安田さんが眠っているであろう部屋の窓を、慣れた角度で見上げました。

ブラのラインへの執着から始まったヨコシマな恋ではありましたが、学校一の美人と名高い安田さんと付き合うことで一等賞を獲ろうとした自分本位な恋ではありましたが、どうでもいい話にもコロコロとよく笑ってくれる安田さんが、わたしは本当に好きでした。

涙が、こぼれました。

最初は歯を食いしばり涙をこらえ、こまめに目元を拭いましたが、誰にも見られることのない深夜の路上であることに思い至ると、声だけは出さないよう留意しながら、幾筋もの涙が流れ果てるまで、わたしはその場に立ち尽くしました。

（さようなら、安田さん……）

こうして初恋は終わりました。冷え切った身体で自宅に戻ったわたしは、疲れから注意力が落ち、出るときは廊下のきしみにさえあれほど警戒したというのに、玄関の戸を音を立てて開けるという初歩的なミスを犯してしまいました。

「あんたぁーーー!! 今までどこほっつき歩いてたのよ！」

父が帰宅したと勘違いした母が、ネグリジェ姿で寝間から飛び出し、なんとわたしに殴りかかってきたのです。

「違う、俺だよ、泉一だよ」

泣きっ面に蜂とはまさにこのこと。母が、父ではなく息子を相手にしていることに気付いたのは、平手打ちが顔面に見事に2発ヒットしたあとのこと。ヒステリー状態の母による深夜外出への説教は、結局、明け方まで続きました。

寝不足と疲労から、文化祭当日は何の気力も起こらず、時が過ぎていくのをただじっとこらえて待ちました。

翌日、〝突然目が悪くなったので〟という無茶苦茶な理由で、教室の一番前の席に替えてもらいました。

安田さんが気まずいのではないかと気遣う気持ちもゼロではありませんでしたが、何より自分自身が、これからも安田さんと目を合わせることに耐えられませんでした。そしてもちろん、振り返ればそこにいる古賀とも。

彼と目が合ったら、きっとわたしは嫉妬に狂い殴りかかってしまったに違いありません。

わたしは何もかも払拭しようと、それから受験勉強に勤《いそ》しみました。参考書を開き没頭すれば、余計なことを考えずに済みました。

耐えに耐え、忍びに忍びました。

そんなわたしを唯一救ってくれたのが、当時大流行していたニューミュージックの数々。松山千春、さだまさし、アリス、中島みゆき、そして今も愛してやまないサザンオールスターズ……etc.。

1度も一番を獲れなかった中学時代。

何もいいことがなかった3年間。

嘆きもがき苦しんだ毎日。

「でも、そうやすやすとあきらめたくないんです。まだ僕は自分の可能性を信じているんです」

いつか川原先生に語った自らの言葉を胸に、この苦難の時期は光輝く未来への布石なのだと信じ、『いとしのエリー』に幾度も励まされながら、わたしはひたすら勉強机に向かい続けたのでした。

さあいざ新天地へ。

2

第二章　ミスター中庭

退屈じゃないですか？　取材といっても、温水洋一さんと違って、わたしの話なんて長野県の片田舎の一少年の、どこにでもある思い出話に過ぎないですから。……ええ、わたしと同い年の地方生まれの人たちは、ほぼ似た経験をしてると思いますよ。仮面ライダーごっこも『勝手にしやがれ』も。黒電話だったり、その黒電話に母親の手作りのカバーが掛けられてたり、そこに独特の匂いの香水が付けられていたり、ドアノブにもカバーだったり、そういうのみんな、覚えてるし、経験してるし、懐かしい〝共通体験〟なんですよ。

そのまま続けてください？　昭和生まれの読者は、わたしの話をきっかけに自身の半生を振り返ることができるし、平成生まれの読者にとっては時代劇みたいで興味深いから、と。……時代劇。なるほど、そうかもしれないですね。『ＡＬＷＡＹＳ　三丁目の夕日』の世界も、若い人にとっては時代劇ですもんね。……それでは続けましょうか。

１９８０年４月。努力の成果が実り、わたしは松本市内の進学校、松本西高校に合格しました。

塩尻二中の同級生も何人か同じこの高校に入りましたが、ほとんど知らない生徒ばかり。

(よし、ここでならやり直せる。また一から出直せる)

行き詰まっていた自分が、環境の変化によって、少し解放された感覚がありました。

入学してすぐは、どの部活にも属さず、あえて目立たぬようひっそりと高校生活を送っていきました。

無論、〝一等賞〟をあきらめたわけではありません。

目指すべきものが見つかった途端、それに向かって全力で走るのに、獲物がない時期は腑抜《ふぬ》けも同然。わたしから一等賞を除いたら何も残らないのは、これまでの人生で実証済みです。こうして記憶を辿っていても、何も目指していない頃のことは、自分でも怖いくらい記憶が薄ぼんやりしていて、生きていた実感が乏しいくらいなのですから。

わたしはひっそりと教室に潜伏しながら、どのように復活を遂げるのがミスター・ナンバー1である自分に最もふさわしいか、どんな一等賞が新しいスタートに向いているのか、虎視眈々《こしたんたん》と狙いを定めていました。

近隣に住む選《え》りすぐりの生徒が入学してくる進学校、1学期、最初に行われる中間テスト、そこで成績学年トップを獲ろう、と！

カセットテープに録音した『大都会』を何度も聴きながら、夜な夜な勉強に勉強を重ね、中間テストに挑みました。

試験当日、わたしはいとも容易《たやす》く各教科の問題を解いていきました。生物、物理、現国、古典、数学、英語、世界史、倫理……。

（おおっ、簡単簡単。わかる、わかる、わかる、わかるー！）

〝努力に勝る天才なし〟と言いますが、今回は確かな手ごたえを感じていました。

翌週、廊下の掲示板に人だかりができていました。どうやら順位の発表が出た模様です。

泰然と掲示板に向かって歩き出すわたし。気付いた生徒たちが、そのオーラに気圧《けお》されてか道を開けていきました。――それはまるで映画『十戒』の紅海が割れるシーンのよう。生徒たちが波のように左右に分かれ、わたしを掲示板へと誘います。悠々と歩いていくチャールトン・ヘストン。

わたしは掲示板の真ん前にすっくと立つと順位表を見上げました。

１位から確かめ始めた目線が、自分の名前を見つけられないまま次第に下のほうへと下がっていきます。

「１０５位……」

掲示板の前で膝から崩れ落ちました。３桁いった、３桁……。信じられませんでした。あれだけ勉強したというのに１０５位。

満を持しての復活劇が妄想に終わったことに、わたしは狼狽《ろうばい》しました。

大惨敗。

（どうしよう。次はどうしたらいい……）

なかなか考えがまとまらないまま、日々は無情にも流れていきます。

「神童も二十歳《はたち》過ぎればただの人」、なんて言葉がありますが、わたしの場合、中学時代からどうやら〝ただの人〟に成り下がっていったような気がします。そしてそれは、高校に入って決定的となったようです。

そんな事実、受け入れたくはない。

でも現実は容赦なくわたしを打ち砕いていく。

（普通、フツー、フツー……）

小４の頃に特選に選ばれてから居間の壁に飾られたままの『非凡』の文字が、そんなわたしを日夜あざ笑いました。

ある夜、トイレに起きると、晩酌をしながらわたしについて話す両親の声が聞こえました。

「……塩尻の神童、所詮井の中の蛙《かわず》？」

「泉一には教えないでくださいよ。あの子、友だちいないから、そう言われてること知らないの」

ただただ悲しかった。

そのときわたしにできたのは、両親に気付かれぬよう最大限静かに用を足し、頭まで布団をかぶるようにして目をつむることだけでした。

孤独でした。とても孤独でした。

6月のある梅雨の下校時、それは起きました。

カサを忘れたわたしが自転車置き場で雨宿りをしていると、一人のクラスメイトが突然話し掛けてきたのです。

その一言は衝撃的でした。

「ねえ秋田君てさぁ、田原俊彦に似てるよね」

「えっ⁉」

それが、人生初めての友だち、竹岡悟君との出会いでした。

これまでわたしには友人というものが一人もできませんでした。

自衛本能から、一番への道を貫いていくには友だちは足かせに過ぎないと、いつしか自分に言い聞かせるようになっていました。

周りもそんなわたしの気配を感じてか、誰も近付いてきませんでした。

しかし彼、短髪に銀縁のメガネをかけた竹岡君は違いました。屈託のない笑顔でやってくると、このわたしが、あの人気絶頂のアイドルに似ていると言い放ったのです。

全身に震えが走るほど嬉しかった。

(竹岡君の喜ぶ顔が見たい……!)

恋と紙一重ともいえる欲求に導かれるまま、わたしは、迅速かつ密かに『哀愁でいと』のシングルレコードを買い、歌を覚えました。そして、テレビの歌番組を繰り返し見ながら振付もマスターしていきました。

その成果は、昼休みに階段の踊り場で竹岡君だけに披露します。

「すごいすごい！　秋ちゃん、そっくりだよ」

(秋ちゃんって呼ばれた……)

竹岡君の一言一言が、喜びの階段を一歩ずつ昇らせ、わたしは求められるまま、何度も何度も歌って踊ってみせました。

それからしばらくした1学期最後の日、ホームルームの時間にレクリエーションが行われました。各自用意していたゲームやモノマネをやり、楽しく会は進んでいき、そろそろお開きになろうかというとき、竹岡君が突然切り出しました。

「ねぇ、みんな。秋田君ってさ、田原俊彦のマネがすごいうまいんだよ」

（た、竹岡君⁉）

いつも通り少し引いた姿勢でレクリエーションに参加していたわたしは、竹岡君の見切り発車ともいえる発言の意図が理解できず困惑しました。

「ええ⁉　そうなの⁉」

「まぁ似てなくもないけどぉ」

「ほんとにできんのぉ⁉」

ざわつく教室内。

そうでしょう、そうでしょう。クラスでも目立たないわたしがモノマネをするなど、信じられなくて当然です。

「じゃ、やってみてよ！」

予定調和なレクリエーションに物足りなさを覚えていた進学校の高校生には、それは恰《かっ》好《こう》のネタだったのでしょう。

「俊ちゃん！　俊ちゃん！　俊ちゃん！」

誰かが始めた無責任な俊ちゃんコールと共に繰り出される、みんなの値踏みするような視線。

失敗に終わった際には、手のひら返しのシラケが待ち受けていることは容易に想像できました。

たくさんのクラスメイトと一緒にいるというのに、これ以上ない孤立感がわたしを襲いました。

(でも、やるしかないんだ)

腹をくくったわたしは、歓声と冷やかしの中、教壇に立つと、竹岡君が用意しておいたらしいカセットテープの音に乗り、『哀愁でいと』を全力で披露しました。

歌い踊っている間は、クラスメイトの反応に目をやる余裕なんてありませんでした。腕をぐるぐる回し、太ももをあげ、最高の笑顔を見せるのみ。無我夢中でした――そして。

曲が終わると同時に、大きな拍手が起きました。

「……!」

我に返ったわたしに向けられていたのは、竹岡君だけじゃなく、教室にいる全員からの絶賛の笑顔でした。

「秋田君、最高!」

「かっこいいーー」

「すごいな、秋田」

こんなに受け入れられたのは、初めてのことでした。

何だろう、この感覚。

みんなと共有できたこの興奮、この感動。

た。

（そうだ、こうでなければならないのだ）

この日、わたしは学びました。これまでたったひとりで、〝一等賞〟〝金メダル〟の名誉を追い求めていました。それが手に入りさえすれば自分は満たされるのだと考えていました。


けれど、それは間違っていたのです。

こうしてみんなから賞賛されてこその一等賞。それがわたしにとっての真の一等賞なのです。誰も知らないところで一等賞を獲っても、これからはきっと満足できない。この興奮と感動は味わえない。

遅まきながら、わたしは自分が一等賞に求めるものを再認識したのでした。

「アンコール！　アンコール！」

その後、何十回披露したことでしょう。今でも、『哀愁でいと』だけはそらで歌って踊れます。


夏休みになり、わたしは誘われるがまま竹岡君が所属するバスケット部に入部しました。

正式に参加する初めての団体競技。あのドッジボール以来、ずっと避けてきた団体競技。わたしのアイデンティティは変革されようとしていたのでしょうか。仲間との豊かな触れ合いに心が赴きました。

真夏の太陽が照りつけ、体育館のうだるような暑さの中での練習。最初こそ動きがおぼつかなかったわたしも、例の天性の集中力と行動力で瞬く間にコツを摑《つか》んでいきました。

（ワン・ツー・シュート）

（ピボット、ピボット、ピボット）

汗が止まりません。けれど休憩のとき、窓から吹いてくる一瞬の夏の風の気持ち良さ、ゲータレードを仲間同士で回し飲みするその感覚も新鮮でした。

練習が終わると、学校近くの「前田ラーメン」によくみんなで繰り出しました。大盛りラーメンにチャーハン、ギョーザ、サービスのメンマ、次々とみんなで平らげました。

楽しい、なんて楽しいんだ。

友だち、友人って素晴らしい。

ずっとひとりで戦ってきたわたしには、何もかも経験のないことばかりでした。

夏の合宿で佐久高原へ出掛けました。日中は激しい練習で汗にまみれ、その汗を民宿の大浴場でワイワイ言いながら洗い流す。夕食もバーベキューだったりで思う存分肉に食らいつき、スプライトやカルピスを喉に流し込んでいく。蚊に刺されながらも夜風が心地よく、わたしたちは高原の合宿の夜を堪能しました。みんな練習で疲れてもうクタクタで眠いはずなのに、好きな女の子の噂話とか、愚にもつかない下ネタを飽きもせず、夜が明けるまで続けました。

わたしは束《つか》の間、幸福に酔いしれていました。

これまでの淋《さび》しさを、15年分の孤独を一気に取り戻そうと、躍起になっていたのかもしれません。

15の夏。忘れられない夏。

学校へ毎日イキイキと出掛けていくわたしを見て、両親も安堵《あんど》の表情を浮かべていました。

「泉一、今日も朝練か」

「うん、もうまいっちゃうよー」

「頑張ってきてねぇ」

「行ってきまぁす！　お父さんもいってらっしゃい！」

「あんたぁーーー‼」

父と母も相変わらずでした。

けれど、こんな日々は長くは続きません。

月日は流れ9月。3年生が退部し、残りが1、2年生となって、紅白戦が行われたその日、わたしは再び地獄に突き落とされます。

「たかが紅白戦だと思うな。3年が去った今、レギュラーを決める大事な試合だ。学年に関係なく、実力で選ぶつもりだ。気合い入れていけ！」

顧問の田崎先生の檄《げき》に、1・2年生の部員たちが勢いよく返事をしました。

「はいっ‼」

間もなくすべてを失うとも知らず、わたしも竹岡君や部活のメンバーの緊張につられワクワクしていました。

最初は見間違いかと思いました。

敵と味方にわかれコートに入った途端、みんなの瞳がどす黒く光ったのです。試合開始のホイッスルが鳴ると同時に、鬼の形相に。

これまでとは全然違う仲間たちの姿がそこにはありました。

わたしも持ち前のナンバー1精神で負けじと挑みましたが、所詮は入部したての新人、実戦の経験不足からパスミスやトラベリングなど、味方チームの足をどうしても引っ張ってしまいます。

そのたび、鋭い視線が四方八方から突き刺さりました。

団体競技の怖さはここにあります。

みんながどんなにいいプレーをしても、わたしのつたないプレーが邪魔をしてしまう。

わたしのせいで、チームメイトの好プレーが田崎先生の目に留まらない。

笛が鳴りタイムアウトが掛かると、円陣の中、わたしは叱責攻めにあいました。

「秋田さぁ、ボール持ったらすぐ誰かにパスして」

「秋田さ、ちょっと端っこにいてくんない？　目障りなんだよね」

「秋田、ずっとライン上に立ってて。動かなくていいから」

完全なるお荷物。戦力外通告でした。

小学校のドッジボール大会でわたしがクラスメイトたちに向けた視線が、そっくりそのまま自分に向けられていました。必要とされないことがこんなに辛いものだと、初めて知りました。

これまで培った友情とは、レギュラー争いの前にかくも儚《はかな》いものなのか。

脳内で自問する一方、

（そりゃ、そうだ……）

と自答する冷静な自分もいました。

彼らは、スポーツに真剣に取り組み、レギュラーを、勝利を、より高みを目指したいという想いに純粋なだけ。対してわたしは、初めての仲間との触れ合いに溺れ、一番を目指すという原点を忘れていました。

以降、わたしはコートの左端、ライン上にただボーっと突っ立っていることに終始しました。できるだけみんなの邪魔をしないよう、動くことなくぼんやりとボールの行方を目で追うだけ。それがわたしにできるせめてものことでした。

けれど、後半終了間際、駆け込んで来た竹岡君と、わたしはあろうことかぶつかってしまったのです。

「あ、ごめ……」

一番邪魔をしたくなかった相手です。慌てて謝ったわたしに、興奮状態の竹岡君は怒鳴りました。

「チッ……、秋ちゃん、邪魔！」

「……!!」

2度目の団体生活は、ここでピリオドが打たれました。

竹岡君の態度に友情の終わりを感じたからではありません。試合が終わればまた、竹岡君はいつもの竹岡君となり、友だちとして過ごせることは確認するまでもありません。

試合は試合、友情は友情。ノーサイドの精神。

逆に辞めてしまうほうが、気まずさから部活以外での竹岡君との時間も失うでしょう。

しかし、ライン上でボーっと試合を見ながらわたしは悟っていました。

バスケでは一番にはなれない、と。

短い期間とはいえ練習に励み、臨んだ紅白戦です。テニスや卓球と同じ。わたしにはバスケで一等賞になる才能はない……。必要とされない場に、一番になれない場に、友人たちと過ごすことができるという理由だけで、安穏と居続ける選択を、わたしはできませんでした。

だって、わたしは秋田泉一。

3年間一度も一等賞を獲っていなくても、それでも一等を目指し続ける男なのですから。

(自分はやはり団体競技向きの人間ではないのだ……)

コートを駆け回る竹岡君に、声を出さずに感謝しました。

一等賞を獲れず停滞を余儀なくされていたわたしに、一等賞を獲るのとは違う喜びを教えてくれた『哀愁でいと』の救世主。

紅白戦終了後、わたしは白いマイクの代わりに茶色のバスケットボールをそっと床に置くと、決して振り返らず体育館を去りました。

心の中では、山口百恵の『さよならの向う側』が流れていました。涙かくしてのお別れでした。

その後、竹岡君とは次第に疎遠になりました。

それからは再び、何の目的もなく日々を過ごしていきました。またも孤独という名の友だちが舞い降りてきました。

12回目の放浪から戻った父が、食卓でわたしの顔を見るや言いました。

「おまえ、能面みたいな顔してるな」

親というのはありがたいものです。なんだかんだいって、子供のことをじっと見ていてくれるのですから。

世の中、ツッパリブーム。猫だって、ナメんなよ、と主張していた時代。やることもなかったわたしも流れに乗ってグレてみました。

長ラン、リーゼント、ヤンキー座り。わかりやすいグレ方。

しかし、にわかツッパリは、すぐにヤキを入れられます。ある日の放課後、腰の据わった本物のツッパリ連中に体育館裏へと連れ出されました。

「てめぇ、調子にのってんじゃねぇよ」

「急にグレたからビックリしたろうがよ！」

強引な因縁をつけられ、殴られ蹴られ散々な目に遭い、すぐにツッパリをやめました。

また自堕落な日々が続いていきました。

虚しい。実に虚しい毎日でした。

この年の冬、ジョン・レノンが銃弾に倒れるというショッキングなニュースが全世界を駆け巡り、失意のわたしにジョンが残した歌声は深く響きました。

1981年になっても、わたしは何にも興味を持たず、かといって勉強に打ち込むでもなく過ごしていました。心配そうに見守る両親の目をよそに、学校では廃人のように中庭をぼんやりと眺めるばかり。

これまで、何度挫折しても失敗しても、へこたれずに立ち上がってきました。今も別にへこたれているわけではありません。ただ、何をすればいいか、自分の目標をどこに定め、どんな一等賞を獲ればいいのか。それが見つからないことが苦しかった。

4月。高校2年生になったわたしは、相変わらず日々をクラゲのように漂っていました。

その日の夜も、いつものようにただただボーっとテレビを眺めて過ごしていました。新しく始まった番組『ザ・トップテン』を、居間でゴロンと横になりながら見るともなしに見る。

と、ランキング何位だったか、新人の紹介コーナーだったのか記憶も曖昧ですが、画面の中で緑のドレスに身を包んだ一人の少女が、つたないダンスステップを踏み、懸命に歌っている姿が目に入りました。

北条頼子。

右頰にあるホクロが印象的でした。

わたしは次第にその子の歌に惹《ひ》かれていきました。

「♪ここは私のサンクチュアリ
ひとりぼっちのサンクチュアリ

私はここで輝くの
力の限り輝くの
誰のためでもないの
私は私だもの♪」

テレビの力、特に当時の歌番組の力は絶大でした。まさに雷の如く、その歌『私のサンクチュアリ』はわたしの脳天を直撃したのです。

歌が終わり、画面がマチャアキと郁恵ちゃんに戻ったとき、長いトンネルを抜け、わたしは脱皮していました。

「そうだ。自分で、自分ひとりで部活を始めよう」


これまでわたしは、水泳・剣道・陸上・勉強など、過去に誰かが定めた既存の領域で一等賞に挑んできました。

しかし、〝これ！〟とピンとくるものが見つからないのであれば、自らサンクチュアリを作ればいいのではないか、と思い立ったのです。

いつまでもめそめそしているわけにはいきません。幼い頃からのこのわたしの〝何クソ精神〟、〝七転び八起き根性〟とでも申しましょうか。これが、懸命に歌い踊る一人の少女の歌声をきっかけに、ふつふつと蘇ってきたのでした。

生まれ持った性分なのかもしれません。

思い立ったらすぐ実行。新しいクラブ活動を立ち上げるには許可を得なければと、面倒くさい職員室はやり過ごして校長室へ直談判に赴きました。

「校長先生、新しい部を始めてもよろしいでしょうか？」

「あ、いいよ」

お茶を飲みながらの即答。

（よっしゃぁ）

ガッツポーズしたのち、わたしはおもむろに中庭に歩を進めていきました。やる気のない自分がいつもぼんやりと眺めていた、あの中庭です。

二つの校舎の間に挟まれた中庭。

2階部分の渡り廊下が、その二つの校舎を結んでいて、彼方にはグラウンドが見えました。自分ひとりの部活を立ち上げるなら、ここしかないと決めていました。

（この中庭を、わたしの〝サンクチュアリ〟としよう）

意気揚々、自分でこしらえた木の看板に手書きの太文字をしたためると、中庭の片隅に立てました。――表現部。

わたしが立ち上げた「表現部」は、文芸、絵画、音楽、肉体、その他ありとあらゆる表現をよしとする部活動でした。
それはまさに芸術の総合格闘技。
ブルース・リーのジークンドーの影響が大きかったかもしれません。黄色に黒のラインが入ったジャージを購入。ユニホームとしました。
わたしは焼却炉の脇に積んであった木片を持ち出してきて、でっかい犬小屋まがいの部室を中庭の隅に組み上げました。
準備が整うとさっそく活動開始です。まずはポエムを創作してみることにしました。
斜め向かいから洩《も》れ聞こえてくる吹奏楽部のぎこちないホルンやトランペットの音が耳障りでしたが、中庭を見据え、意識を集中させると詠んでいきました。
「中庭にいるよ　ひとりでいるよ
でもひとりじゃなかった
蟻《あり》さんがいたよ
カラスも　スズメたちも
笑いかけてきたよ」
わたしの奇妙な行動に、足を止めて見ている生徒が数人いました。
続いて、俳句に挑戦。
吹奏楽部の相変わらずの耳障りな音色がかえって創作意欲に火をつけ、わたしは一心不

表現部

乱に詠みました。

「あじさいは　ブロッコリーの　いとこかな」

各教室や渡り廊下から奇異な目で見られているのはわかっていました。そこからは何やら、見てはいけないものを見てしまった、といった感じが窺《うかが》えました。

けれど、ひとりには慣れています。周囲の雑音をものともせず、わたしは一層部活動に没頭していきました。

久しぶりに、絵画にも取り組みました。

油絵道具を買い揃《そろ》えてキャンバスに向かうと、筆に今の自分の思いをぶつけていきました。

できあがったのは抽象画のような現代アート。暗雲立ち込める中庭に佇《たたず》むひとりの男の後ろ姿と思しき塊。

タイトル『中庭に佇む私』。

会心の出来栄えでした。中庭を通りかかった担任の中野先生がしばらくわたしの描いた絵を覗《のぞ》き込んだあと、おずおずと声を掛けてきました。

「秋田」

「はい、何でしょう」

先生が興味を持ってくれたことが嬉しく、わたしは笑顔で応じました。先生は伏し目がちのままポケットから1枚の名刺を差し出しました。

「私の知り合いに心の病を治す専門のお医者さんがいるんだ。……まぁよかったら一度、行ってみたら」

「はぁ……」

そして、わたしの肩にポンと手を置くと、これ以上の関わりあいを避けるように中野先生は再び校舎へと消えていきました。

病院には行きませんでしたが、名刺は部室に置いておきました。


夏に入っても、わたしはたったひとりの部活動を休まず続けました。

この頃は創作ダンスに熱中していました。〝織田信長〟をテーマにしたパフォーマンス。〝天下人〟の表現が実に難しかった。

はたから見れば、奇妙な踊りに映っていたことでしょう。

「あ、中庭くんだ」

「今日もやってるね。中庭の主」

渡り廊下から降り注ぐ声。きっとこのときのわたしこそ、まさに〝うつけ者〟……。

でもやめようとは思いませんでした。

もちろん、誹謗《ひぼう》中傷の数々が気にならなかったと言ったらウソになります。〝塩尻の神童〟とまで言われたわたしが、いつのまにか〝中庭くん〟呼ばわりされているのですから。周囲の評価があってこその一等賞という意味では、ずいぶんかけ離れたところにいるのは感じていました。

けれど、だからといって、やるべきことが変わるわけではありません。

挫折するとすぐあきらめて、ひとつのことを続けられず、次々といろんなことに手を出してきたわたしですが、〝これ！〟と思い込んだものに対してはとことん頑固なところがありました。

この表現部の活動を通して、再び輝いてみせるのだと、ぶれることなく突き進んでいきました。

「♪ここは私のサンクチュアリ
　ひとりぼっちのサンクチュアリ
　私はここで輝くの
　力の限り輝くの
　誰のためでもないの
　私は私だもの♪」

わたしは表現部の活動に打ち込み続けました。

そして、2学期に行われた秋の文化祭。

他の部活動に倣《なら》い、わたしもこれまでの鍛錬の成果を発表することにしました。演目はしばし悩んだのち、中庭全体をステージに見立て、全身黒ずくめの格好にマントを羽織り、魂の創作ダンスを披露することに決めました。

文化祭当日、精神を統一してラジカセのスイッチを押すと、グリーグの『ペール・ギュント』が流れ出しました。

周囲の生徒や父兄が、その音に何事かと立ち止まります。

中庭の中央にこしらえた仮設のメインステージ。わたしは踊りながら、ステージ上に立てた看板の紙をめくりました。

タイトル『坂本竜馬〜その生と死〜』と書かれた文字が露《あら》わになります。

いざ。

わたしは当惑気味の周囲に目もくれず、感じるがまま思うがまま坂本竜馬の一生を夢中で演じ踊っていきました。

中庭の四方にも手作りの看板を設置してあって、左回りで踊りながら進んでいきます。

最初に辿り着いた看板の紙をめくると、そこには「脱藩」の文字。生まれ育った故郷に別れを告げ旅立っていく竜馬。その苦悩と新たなる一歩をパントマイムと3連続ターンで伝えました。

次へと移動し看板の紙をめくると、今度は「薩長同盟」の4文字が現れます。西郷隆盛と桂小五郎に向けた〝こっちにおいで〟と手招きするような仕草は、平和的かつ実に友好的でした。

その後も、「新婚旅行」「海援隊」など、次々とめくっては、しゃにむに舞うわたし。次第に噴き出す汗。構わず、メインステージに戻り最後の看板をめくります。そこには、もちろん「暗殺」の2文字。刀で切られ血が噴き出す中、前のめりになって倒れていく竜馬を渾身《こんしん》の思いで演じきると、溢れだすカタルシス――。

迫真のパフォーマンスが終わり、音楽が鳴りやむ――すると、一瞬の静寂ののち360度の周囲から、とてつもなく大きな拍手が湧き起こりました。

事態が呑《の》み込めないまま顔を上げると、いつもわたしだけしかいなかった中庭は、いつの間にか、わたしの魂の創作ダンスに魅了されたたらしい大勢の生徒や先生、父兄たちの姿で溢れていました。

中庭だけではありません。教室という教室の窓や向かい合う渡り廊下の窓からおびただしい頭が中庭を覗き、みんな笑顔で、わたしを称《たた》えていました。

「いいぞぉー！　中庭君！」

「すごいぞぉー！　主君《ぬし》！」

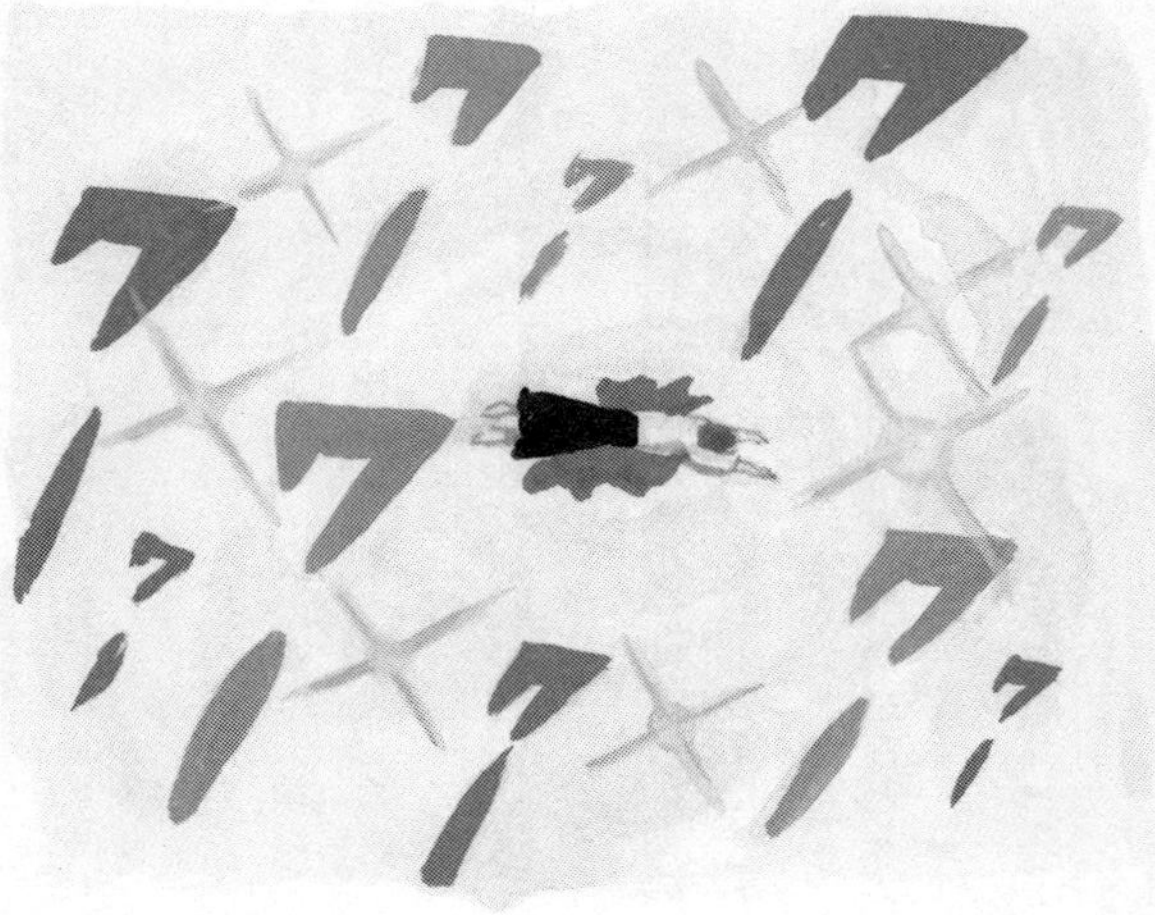

まるでそれは、あの日の徒競走のようでした。

一瞬にしてわたしは、地鳴りのような拍手喝采、歓声の嵐の中にいました。


魂の創作ダンスと標榜《ひょうぼう》したところで、自己流で覚えたに過ぎません。プロのダンスステージなど、一度も生で観たことがありません。衣装も母に頼んで手作りしてもらったチープなもの。校舎に囲まれて日陰がちな中庭に特別な照明はなく、音楽も自宅から持参した赤いWラジカセの音量を最大にしただけ。完璧とは程遠いステージ。

けれど、あとから聞いた話では、わたしの演じる坂本竜馬は観客を虜《とりこ》にする圧倒的な力を持っていたそうです。

わたしにとっての坂本竜馬は、司馬遼太郎『竜馬がゆく』のあの主人公以外、何者でもありません。中学の頃、読書好きな安田さんに話を合わせるべく背伸びして必死に読んだため、脳内に明確な竜馬像がありました。

土佐の下級武士の次男坊にして、薩長同盟や大政奉還をひとりで成し遂げたとも言われる竜馬。

仲間といても、結局いつもひとりきりの竜馬の生涯に、いつしか孤独な自らを重ねあわせていました。

（ある意味わたしもまた、竜馬なのだ）

ひとりぼっちの中庭で孤軍奮闘してきたわたしが演じる竜馬は、日本という大海原で獅子《し》奮迅《ふんじん》する竜馬自身がまるで憑依《ひょうい》したかのようで、観客の心を強く打ったそうです。

無欲の勝利とでも言うのでしょうか。

(再び受け入れられたのだ)

荒い呼吸の中、わたしは万感の思いで、しばし中庭に立ち尽くしました。


翌日、廊下に張り出された学校新聞の一面には、〝今年の主役はミスター中庭！〟という見出しと共に、中庭で踊っているわたしの写真が大きく載っていました。

これを機に事態は好転していきました。

カッコよく言うなら、ようやく世間がわたしに追いついてきたのです。

文芸部の顧問の先生がわたしの俳句に興味を持ち、地元の新聞に投稿したところ一発で入選しました。

「一学期　調子はずれの　管楽器」

ここに描かれた、吹奏楽部の1年生のまだ覚束《おぼつか》ないホルンやトランペットの様子が微笑ましい、との評価でした。

本当は、うるさくてうるさくて仕方がなくて怒りをこめて詠《うた》ったのですが……。皮肉なものです。

さらなる追い風が吹きます。

これまで制作した何十点にも及ぶ絵画や彫刻の作品を中庭に並べ個展を開いたところ、それを見に来た美術部の佐野先生が一枚の絵に興味を示しました。

「秋田、この絵、今度の高校生絵画コンクールに応募してみてもいい？」

「あ、はい、お好きに」

それはわたしが最初に描いた『中庭に佇む私』でした。

3週間後、吉報が届きました。

何とその絵が金賞に輝いたのです。ただし、先生の独断で、タイトルが『中庭に佇む私』から『庭に落ちていたバナナの皮』に変えられていました。

佐野先生には、わたしが着ていた黄色のジャージがバナナの皮に見えたみたいです。

「あの、先生、タイトルが……あと絵の向きが逆……」

「いい絵だぁ、秋田、お前才能あるぞ」

満足げにうなずく佐野先生を前に、それ以上の言葉を飲み込みました。

それでも久しぶりの金メダルです！

来ました、来ました、わたしの第二期黄金時代！

この快挙を受けてかどうかはわかりませんが、入部希望者が一人、また一人と増えていきました。

「あのぅ、こちらに入部してもよろしいでしょうか」

「かまいませんよ。お好きな時間にいつでも」

わたしは快く迎え入れ、新入部員たちに自由な表現について説いていきました。

もう中庭は、たったひとりのサンクチュアリではありません。

「制約なんてないんだ。ただ感じたことを口にすればいい。書に起こせばいい。筆で描いていったらいい。体全体を使って表現すればいい。それがすなわち表現部なのだから」

気分は吉田松陰でした。

ここは表現部という名の松下村塾。

部活の見学者もあとを絶ちません。女子たちから「ウッソー」「ホントー」「カワイイー」などの当時の流行語そのままがわたしに投げかけられました。気分はサイコーでした。

けれど、他でもないこのわたし。このまま穏やかに月日が過ぎては……くれません。

やがて春が来て、高校3年生になったわたし。あれだけ痛い思いをしたというのに。自分でも嫌になるくらいわかっているのに。これがいつもの危険をはらんだパターンだというのに。

ついにまたも禁断の封印を解く日がやってきてしまったのです。——異性。

一つ下、2年生の横井みどりさん。3か月前に横浜から転校してきた横井さんは、容姿だけでなくその雰囲気も都会的で洗練されていました。

「部長についていきます！」

その真摯《しんし》な二重の大きな瞳。わたしの話を一生懸命聞く可憐《かれん》な姿。肩まで伸びたストレートの黒髪。横顔はどこか薬師丸ひろ子に似ていて、声もとても可愛らしかった。

「部長、ちょっとよろしいですか？」

「ありがとうございます！」

「その発想は私にはなかったです」

彼女の声が耳に残り、家に帰って何度も反芻《はんすう》しました。

わたしは瞬く間に恋に落ちてしまいました。

すぐさま部長の立場をいいことに、彼女にすり寄っていきました。近付きたいという衝動を抑えることができなかったのです。

「横井君、君とふたりでペアのダンスを踊ってみようと思っているんだけど、いいかな？」

「私と？……光栄です」

もっともらしい理由をつくり、さりげなく近付いていく。中3のとき、安田さんに接していった経験が生かされました。ふたりきりの時間を持つ必然性・正当性を周囲に訴えつつ、ライバルでもある他の男性部員たちから横井さんを遠ざける、一挙両得の目論見《もくろみ》。

こうしてわたしは他の部員そっちのけで、横井さんとの創作ダンスに偏った情熱をぶつけていったのです。

バルサ材で型を作り、そこにコットンを敷き詰めて天使の翼を2対完成させるなり、それぞれに背負い、ダンスの練習を開始しました。

タイトル『鳥になったふたり』。

ラジカセのボタンを押すと、『セーラー服と機関銃』のイントロが流れ出します。

薬師丸ひろ子の澄んだ歌声にインスパイアされながら、わたしたちは思うがままに舞いました。

中庭いっぱいを使い、大空をあたかもふたりだけで独占しているかの如く〝飛翔〟する振付からスタート。次に、お互い向き合って羽を上下に大きく振りながら繰り広げる〝求愛ダンス〟。最後は彼女の背後から覆いかぶさり、ねっとりとした動きへと変わっていく〝愛の交歓〟……。平たく言うと〝交尾〟。

「この場面はどんな表情をしていれば……、いえ、やっぱりなんでもありません」

恥ずかしそうに尋ねかけてやめた横井さんに、

「ここでは、生命の神秘を芸術として表現しようと考えているんだ」

と、あたかも寺山修司のようにもっともらしく説きましたが、内心は下世話な下心が悟られないかハラハラしていました。

だって、ただ単に横井さんに抱きつきたかっただけでしたから。彼女の胸、太ももに触りたくてしょうがなかった。

ただのセクハラ。ただのパワハラ。

頭の中は、もうセックスでいっぱいでした。

彼女にまとわりつくたび、シャンプーの香りがして、まさに「カイ……カン……」。

女性って、どうしてあんなに甘い匂いがするのでしょうか。男とはまったく違う存在。


ある日の放課後。他の体育系、文化系の部活動もすべて鳴りを潜めた日暮れ後の静寂の中、わたしは周囲に誰もいないのをいいことに、ダンスが終わり顔を近付けたところで、思わず横井さんにキスを――してしまった。

初めてのキス。

それは触れるだけの、夢か現《うつつ》かも定かではないような一瞬の出来事でした。

瞬時、カッと目を見開き驚く彼女。

突然のことに間近にあるわたしの目を凝視しながら、横井さんの顔はみるみる紅潮していきました。

「……!」

お互いの呼吸だけが激しく短く残ったかと思うと、横井さんは慌てて翼を脱ぎ捨て、無言で駆け出していってしまいました。

　動揺し、バクバクいう心臓。取り残されたわたしの唇に残る、柔らかな感触。吐息から洩《も》れたミルクのような匂い。そして後悔の念。

（横井さんとキスをした……）

　家に帰ってからも、興奮と後悔の念は何度も同時にせめぎ寄せ、その夜はほとんど眠れませんでした。

　何をしていても心ここにあらず、妙に自分の唇が意識され、指で何度もなぞりました。まずいことをしてしまったのかもしれない、と不安になる一方で、昨日までの自分とは違うのだ、という変な自信みたいなものもありました。

　次の日の授業は、まったく手につきませんでした。気がつくと、視線は2年生の教室がある階下のほうに向いていました。窓から下を覗き込んだり、2階へ続く踊り場まで足を踏み入れキョロキョロしたり。

　横井さんの姿を見たいけれど、目が合うのは怖かった。動揺を誰にも悟られまいと、かえって挙動不審でした。

　放課後、平静を装い中庭へ行くと一人の女子部員がわたしのところへやってきて、

「あのぉ、部長。横井みどりさんからこれ、預かったんですけど」

と1通の封筒を手渡しました。

慌てて封を開けると、そこには1文だけ記されていました。

「一身上の都合で退部させて頂きます」

（……!!）

わたしは我を忘れて、2階の2年5組の教室へ駆けていきました。

廊下から教室を覗き、彼女の姿を探しましたが見当たりません。即座に踵《きびす》を返し校舎を飛び出すと、今度は彼女の帰宅路を、ひた走って追いかけました。

（横井君！　横井君！　横井君！）

息は切れ、不安でパニック状態のままの全力疾走。けれど疲れはなく、1分でも1秒でも早く横井さんを見つけなければと無我夢中でした。

やがて、川沿いの公園近くの道にさしかかったところで、遠くを歩く横井さんの後ろ姿を見つけました。

「横井くーん！」

必死さのあまり意図を超えて鋭く響いたその声にビクッと背中が反応し、横井さんはおそるおそる振り返りました。

「ハァハァハァ。……横井君、退部するってほんと？」

息せき切って駆けつけ、焦りのあまり詰問するようになった口調に、彼女は無表情のままコクリとうなずきました。

「その、それはやっぱり昨日のことが原因？」

何も語らず、黙って首を横に振る横井さん。

「ほんとに⁉　昨日俺があんなことしたから、だから」

ただただ首を横に振り続ける彼女。彼女の尋常ではないその応答に、

「横井君、落ち着いて」

わたしは思わず、彼女の両肩に手を置きました。

その瞬間、

「誰かーー‼」

横井さんは叫び声をあげ、脅えた顔で走り去っていきました。

（えーー……）

わたしを魅了したその声が周囲に残響し、猛烈な痛みとなって胸に突き刺さりました。

次第に小さくなりゆく彼女の後ろ姿。

一言謝りたくて、彼女のあとを追いかけようかと迷いましたが、小動物のように怯《おび》え、恐怖に歪んだ横井さんの表情がわたしを微動だにさせませんでした。

そしてこれが、わたしが耳にした彼女の最後の言葉となりました。2度目の大きな失恋でした。

希望的観測だと言われるかもしれませんが、横井さんもわたしに少なからず好意を抱いてくれていたと確信しています。

練習の合間に目が合うと、恥ずかしそうに下を向くあの表情は、期待していい何かが確実に存在していました。向けられる眼差《まなざ》しには尊敬の念以上のものがありました。けれどキスがしたくてしたくて堪《たま》らなくて暴走したわたしが、すべてをダメにしてしまったのです。後悔してもしきれない苦さだけが胸に重苦しく残る失恋でした。

茫然自失ののち、ハッと気付きました。この道は3年前、安田さんに告白して断られた道。

何という偶然。のちに密かに〝秋田泉一失恋ロード〟と名付けたこの道は、10代のわたしにとって傷心の思い出深い場所となったのです。

翌日の秋田家の食卓。

放浪中の父の代わりに、今度は母がわたしの顔を見ながら言いました。

「あんた、能面みたいな顔してるわね」

親というのは実にありがたいものです。子供のことをじっといつだって見ていてくれるのですから。

もう表現部にいる意味はないと判断したわたしは、最も部活動に熱心だったイガグリ頭の2年生、三村勝利君を呼び出すと、肩をポンと叩き告げました。

「三村君、2代目部長は君だ。あとのことはよろしく頼む」

「わかりました。精一杯務めさせていただきます」

一点の曇りもない目で頷《うなず》いたイガグリ頭の三村君。

それからわたしは何度目かの、何の目的もない自堕落な生活を再開させました。

思えば、わたしの挫折の多くは異性が絡んでいました。水泳、剣道、初恋、表現部。

よく言う〝女でダメになる〟タイプなのでしょう。わかっているのに繰り返してしまう。

燃え上がる恋心を意思の力で抑えることができない。

この先のことを思うと、いつか致命的な事態を巻き起こしかねません。

でも仕方ないではありませんか。恋とはどうしようもないもの。それほど人生において魅力的なものなのだから。


月日は流れ、1983年の正月。

わたしはこたつでぼんやりとニュース番組を観ていました。ふと視線をテレビの隣のラックに向けると、そこにはこれまでわたしが獲得した一等賞の賞状やらトロフィーやら金メダルやらが埃《ほこり》をかぶって並んでいました。けん玉大会、ビリヤード大会、鮎のつかみ取り大会、秋の大声コンテスト、高校生絵画コンクールなどなど。

吸い寄せられるように立ち上がると、わたしは小学校3年の徒競走で初めてもらった一等賞の金メダルを手にしました。

古びて、もはやかつての輝きを失いつつある紙でできた金色のメダル。現実にあったとは思えないほど、一等賞は遥《はる》か彼方の出来事になっていました。

「よかったね、泉一」

「すごいぞ、一等賞」

あの頃のわたしの毎日は、今と違いキラキラ輝いていました。

けれど思い出は、所詮、思い出。今のわたしには思い出すと辛いだけの過去でもありました。

「次のニュースです」

と、アナウンサーの声に導かれ、画面に映し出されたのは、賑《にぎ》わいを見せる渋谷の街でした。

スクランブル交差点の異常なまでの人の多さ、そびえ立つ真新しいビル群、そして、オシャレな同年代の若者たち。

画面一杯に広がる東京は、何もかもが塩尻とは違いました。今のわたしには眩《まぶ》しすぎるくらい、すべてがキラキラ輝いて見えました。

まるでかつてのわたしのように。

闇の中にいる者にとって、光をまとう存在は、実体以上の憧憬を抱かせるもの。テレビ画面に映る東京の若者たちが選ばれしもののように感じられ、わたしは圧倒されました。

わたしもあんな風な輝かしい存在になるはずではなかったのか。

わたしも無条件にこんな輝きを身にまとっていた時代もあったというのに。

（あの頃に、戻りたい……）

失ったものの大きさが、わたしを焦らせました。

「東京に行こう……」

いつしか声が漏れていました。

東京に行ったら、何かが変わるんじゃないか。

漠然と以前からこの考えはあったけど、東京に行きさえすれば、もう一度輝けるのではないか。

安易な、田舎に住む若者が誰しも一度は心に抱く想いなのかもしれません。

でも、そのときのわたしはそこにしか希望を見出せませんでした。

（今度は東京で一番を目指してみよう。東京で金メダルを手にするんだ）

こうして、わたしは上京を決意したのでした。

上京するには、やはり進学です。しかし、成績はおよそ芳しくなく、高校３年の２学期の期末試験は３００人中２７８位でした。

正直、大学はどこでもよかった。進学は東京へ行くためのただの口実でしかありませんでした。図書館で大学ガイドを読み漁《あさ》り、自分の偏差値に見合う大学を探しました。

選んだのは、日本平和大学。

まったく聞いたことのない大学名でした。創設2年目とかで、今考えるとおそらく入学金さえ払えば入れる大学だったのでしょう。いちおう形式的に筆記試験は受けたけれど、倍率は0・2倍。難なく合格しました。浅はかなわたしに似つかわしい、薄っぺらい大学。けれど入学金はバカ高く、親には迷惑をかけました。

合格発表後すぐに、もう二度とこの家には帰ってこない、という覚悟を持って荷造りを始めました。

いつでも帰ってこられるという気構えの上京では、弱さに負けてしまうであろう自分を自覚していました。そうして、あっという間に東京の壁に打ちのめされ、塩尻に帰ってくる先輩たちのことも、これまで多々見てきていました。

不甲斐《ふがい》ない自分を叱咤《しった》するかのように、わたしは黙々と荷をつめ、要らないものは容赦なく捨てていきました。

それはもがきあがいた少年時代からの決別でもありました。

両親は何も言わず、そっと手伝ってくれました。

１９８３年３月。高校の卒業式を終えたわたしは、いよいよ明日上京という日を迎えていました。

父は、いつになく酒に酔っていました。

「その、何だ。日本平和大学ってのは何を教えてくれるんだ、あ？」

「んー、平和の尊さを教えてくれるんだと思う」

「戦争のない世界ということか？」

「うーん、多分。でもそれって人間の永遠のテーマなんだろうね」

うわべだけの会話が続きました。

決して裕福ではない両親を騙《だま》すかのように上京する罪悪感から、わたしは数日来、父と母の目を直視することができませんでした。

そんな様子に何かを感じ取ったのか、食卓の片付けをする手を休め、母が話し掛けてきました。

「泉一、東京で思いきりやってきなさい。あんたには何かある。母さんそう信じている」

「……うん」

永遠のわたしの味方。このところ大した結果を残せていないというのに、一等賞を追い求めバカなことばかりしているというのに、こんな息子をずっと変わらず信じ続けてくれている母。

ありがたさと申し訳なさから、胸にグッとくるものがあり、この街から離れるのだという実感が、おもむろにこみあげてきました。

父も隣でボソッとつぶやきました。

「体だけは気をつけろ」

「うん、わかってる……」

涙が出そうになり、拳を握りしめながら必死にこらえました。

家出ばかりする父と、そんな父に呆れながらも受け入れている母。この両親の元で過ごしたからこそ、わたしは安心して一等賞にのめりこんでこられたのでしょう。かけがえのない日々。

(これまでありがとうございました……ありがとうございました)

わたしは平気な顔をしてテレビを見続けながら、心の中で繰り返し感謝の言葉を重ねました。

翌朝、塩尻駅のホームでわたしは大きなバッグを傍らに置き、上りの特急あずさを待っていました。

日本海と太平洋の中間に位置すると言われる塩尻。いよいよこの街ともお別れです。

誰もいないホーム。まだ冷たい春風に吹かれながら、見慣れた風景を見渡しました。

（これからは両親とは別々の暮らしが始まるんだ。たったひとりで、見知らぬ都会で暮らしていくんだ……）

この小さな街から出て、巨大都市東京で一体自分はどこまで通用するでしょうか。

塩尻にすら自分の居場所を見つけられなかったというのに。

慣れているはずのひとりぼっちが、急に淋しく感じられ、不安を打ち消すようにスタジャンのポケットに手を入れて、わたしは肩をすぼめました。

（ダメだ。マイナス思考になってしまうと、不安でたまらない。良いことだけ考えていかなきゃ、でなきゃ押しつぶされてしまう。良いことだけ、良いことだけ……）

そう自分に言い聞かせました。

「秋ちゃーーーん‼」

とそのとき、聞き覚えのある声がしました。

階段を下りてプラットホームを走ってきたのは、竹岡君でした。

あのバスケット部の紅白戦以来、疎遠になっていた竹岡君。どこで噂を聞きつけたのか、わざわざ見送りに来てくれたのでした。

「ハァハァハァ。……よかった、間に合って」

「……ありがとう」

2年ぶりの会話らしい会話です。それ以上は何を話せばいいかお互いにわからないまま……。

やがて特急あずさがホームに滑り込んできました。わたしは黙ったまま一礼すると、列車に乗り込み、再び彼と向き合いました。

すると、竹岡君は、

「秋ちゃん、一緒にバスケできなくてごめんな。ほんとはずっと声掛けたかったんだけど……。それもできなくてごめんな。文化祭のとき、かっこよかったよ。俺、教室の窓のとこから観てたんだ。秋ちゃん、すごかったよ」

そう一気に吐露してくれました。

（竹岡君……！）

電車の中、わたしはただ何度もおじぎをしました。言葉もなく、何度も何度も。

発車のベルが鳴りました。突如、周囲のことなど気にせず、竹岡君がひとりベルをかき消すほどの大声で叫び出しました。

「バンザーイ、バンザーイ。秋ちゃん、バンザーイ！」

ドアが閉まり、列車が走り出したとき、竹岡君が窓越しに一段と大きな声で叫びました。

「東京で頑張ってな！　バンザーイ、バンザーイ。秋ちゃん、バンザーイ！　がんばれ！」

こみあげてくる涙を、抑えることができませんでした。

次第に小さくなっていく彼の声を聞きながら、わたしは電車の中、誰もいない扉に向かっておじぎをした姿勢のままでいました。周囲の乗客に涙を見られないよう、ずっとずっと頭を下げていました。

どこにもないと思っていた居場所が、ここ塩尻にもちゃんとあったのでした。

(竹岡君、ありがとう……本当に、本当に、ありがとう)

初めての、そしてたったひとりの友だち。

あとからあとから、その涙は途絶えることはありませんでした。

お父さん。お母さん。竹岡君。

(東京行ったら、頑張ろう)

わたしは心の中で強く誓いました。

しばらくして頭を上げたときには、みるみる列車は加速していて、南アルプスの景色は別れを告げる間もなく遠ざかり、塩尻の街は見えなくなっていました。

第三章 大都会東京

前に武田鉄矢さんがテレビで言ってました。上京時、〝東京で一旗あげてやるぞ〟って家族や友だちに見送られ夜行列車で九州を出て、明け方、見えてきた都会の街並みに〝東京がなんぼのもんだ、負けてたまるか〟と奮起していたら、そこは実はまだ小田原あたりで、電車が進むにつれ、どんどんどんどんビルが増えさらに都会になっていく様子に、〝東京ってどんだけすごいところなんだ〟と、横浜に着く頃には完全にビビってしまい、川崎に着く頃には金玉が縮こまっていた、と。それでも、笑顔で送り出してくれた故郷の存在があるから、我々田舎者は、どんなに辛くても淋しくても都会で踏ん張ることができるんだって。

わたしですか？　当然わたしも〝やってやるぞ！〟という気持ちで特急あずさに乗り込んだんですけど、武田鉄矢さんよりも都会の誘惑に、若干弱かったかもしれません。

１９８３年４月。東急池上線の荏原中延《えばらなかのぶ》駅から徒歩３分。築20年、６畳一間のアパート

「日の出荘」がわたしの新天地となりました。

東京は予想通り、毎日が刺激的でした。

人々は、電車を〝待つ〟ということを知らない。2、3分おきにやってくる。塩尻のような40分待ちはこの世界にはない。いつだって乗れる、どこだって乗れる。

電車サイコー。東京サイコー。

『ぴあ』を片手に地下鉄を乗り継いで、さっそくいろんなところへ出向いていきました。

中でも、初めての渋谷はわたしを圧倒しました。

（高い！　ビルが全部高い！）

「109」をはじめとする渋谷駅周辺の光景に畏《おそ》れおののきました。お祭りか何かなのではないか、と勘違いするほどのスクランブル交差点の人の多さに、めまいがしました。

みんなよくもまあ、ぶつからずに交差していくものです。

すれ違う人がみんなオシャレ、みんな美人。

その場にいるだけで楽しかった。

やがて、センター街の看板を見つけると、吸い込まれるように入っていきました。

（何だ、このハンバーガーショップだらけの通りは！　これがファーストキッチンか！　これがロッテリアか！　ドムドムバーガーって何だ⁉）

一軒ずつ入って、すべてのハンバーガーを食べました。

東急ハンズにいたっては完全に異空間でした。2階、3階ならわたしだって知っています。

(何だ2Aって⁉　3Cって何階だ⁉)

渋谷のパンテオンでは、まだ『E.T.』がロングラン上映されていました。看板からギョロ目の異星人が微笑みかけてきます。

(みんなどっからやって来たの？　みんな東京？　多摩？　埼玉？　千葉？　ねえ、みんな！　普段、何してんの？)

心の中で叫んでみました。

でも、自分もその〝普段、何してんの？〟の一人なのです。

東京は塩尻と違い、通りすがる人と挨拶《あいさつ》すら交わさない街でしたが、その分、何をしようが、誰も気にも留めない自由さがありました。

(ここ大都会東京で、わたしの新しい伝説が始まるのだ！)

『E.T.』のテーマ曲を心の中で奏でながら、気がつけば原宿に向かって、明治通りをスキップしていました。

程なく五反田駅前のホッカホッカ弁当で週3日のバイトを始めました。

「ほら、またきんぴら忘れてる。紅しょうがはこっち！　右端！」

E.T.
109
M

「タキさん、あんまり言わないの。一生懸命やってるんだから。ねえ」

わたし以外はパートのおばちゃんばかり。

上京したての純朴そうなわたしの外見は功を奏し、みんなから〝可愛い〟と評判でした。

しかし、入学式を経て通い始めた大学は、予想以上にひどいところでした。

日本平和大学。

日本全国で大学への進学率が上昇、地方から次々上京してくる若者たちの受け皿として慌てて新設されたマンモス校。

校舎にはまだ新築の匂いがあちらこちら残っていましたが、いかにも無機質で個性というものがまったく感じられず、あの高校の中庭のようなサンクチュアリは、どこにも見当たりませんでした。

生徒たちも、惰性で毎日学校にいるといった感じで、ここで何をすべきなのか、そんなことを考える空気はどこにもありません。

大教室で行われる一辺倒なしゃべりの教授の講義は、聞く者のやる気を根こそぎ駆逐するようなけだるさでした。

なけなしのお金を仕送りしてくれている両親のことを考えると、授業に出て単位を取り、学業に勤しむべきだとはわかっていました。

けれど次第に足は遠のき、やがて平日昼間にも平気でバイトを入れるようになり、夏を迎える頃には大学にはまったく行かなくなっていました。

思わぬところで、童貞を卒業しました。

ホカ弁のパートのおばちゃんたちの中で一番若い八重子さん、30歳。

「泉一君、今日終わったら何か予定ある？」

「いや、何もないです」

そのはちきれんばかりの胸は、バイトを始めたときから目についていました。魅力的でした。

八重子さんに誘われるまま、二人だけで居酒屋へ行き、雰囲気に流されて、そのまま五反田のラブホテルに直行。

「あせらないで。ゆっくり、ゆっくり」

八重子さんのしっかりとしたリードで、わたしは未開の地へ足を踏み入れたのでした。

そこは甘くたおやかな桃源郷。至福の時。

しかしコトが終わり酔いから覚めると、ゾワゾワとワケのわからない怖ろしさが押し寄せてきました。

（いけないことをしてしまった）

まだ純情だったわたし。なぜだか罪悪感が芽生え、慌ててパンツをはきジーンズとTシヤツを着始めました。

「どうしたの？　急に」

「ごめんなさい。ごめんなさい」

それだけ言うと、料金の半分の2千円を置いてコソ泥のように部屋を出ていきました。

「泉一君、ちょっと。何よ！」

八重子さんと顔を合わせるのが気まずくて、いや会うのが怖くて、それ以降、ホカ弁のバイトは辞めてしまいました。


都会の蜜は甘く、やがて金がないというのに、大学で知り合った先輩のツテでディスコに出入りするようになりました。

大学のサークルの援助金が必要なんだとかなんとか両親を言いくるめて、いつもより多く仕送りしてもらうと、その金でDCブランドのスーツを購入。いざ出陣。フリードリンク・フリーフードという特典が魅力的でした。

そこは快楽の都。ナンパばかりしていました。いっつもヘラヘラしていました。一時、春子という女と付き合いましたが、所詮肉体だけの関係です。長くは続きませんでした。

夜ごとのディスコには現実はありません。陶酔と狂乱と虚無がないまぜになって、タバコの煙がそれらを空中に這《は》わせていました。

吐いては呑み、呑んでは吐いてを繰り返し、昼頃に二日酔いで目覚めると、

「もうやめよう。もう行くのやめよう」

と我に返るのですが、夜の帳《とばり》が降りてくると再び煩悩がうごめき出し、快楽を求めてディスコへの道を辿っていくのでした。

月末には、片手に小銭を乗せて数えられるほどしか残っていません。食パンの耳だけで過ごす日々を増やし、銭湯とコインランドリーの回数を極力減らしました。

金がなければすることもありません。

部屋でオナニーばっかりしていました。

いつしか、大学も中退してしまい、何のために東京に出て来たか、考えないようになりました。

そのほうが楽でした。こうしてわたしは次第に、東京に流されていったのです。

いいえ、正確に言うと、わたしは東京に流されたのではなく、東京に打ちのめされていたのでした。

一時期、芸能界を目指そうとジャニーズ事務所や渡辺プロなどのオーディションを受けたりもしましたが、どこにも引っかかりませんでした。

塩尻でかつて神童と呼ばれ、驚異の習得能力を誇ったわたしが進学校へと進み思い知っ

た、所詮自分など井の中の蛙なのだという現実。その比じゃない現実が東京にはありました。

大学でも、バイトでも、ディスコでも、わたしは名もなき地方出身者Aでしかありませんでした。

何をやっても平均以下のことしかできない。

誰からの注目も浴びない。

どこから手をつけていいかすらわからない。

わたしには、東京は大きすぎました。

気がつけば、何ひとつ結果を出さないままただただ時が過ぎていました。

自分が無為に過ごしている間にも、世間では様々な人物が活躍していました。テレビではタモリ、たけし、さんまが人気を独占。１９８４年のロサンゼルスオリンピックでカール・ルイスの走りに全世界が驚嘆し、体操の森末慎二が10点満点で金メダルを獲得しました。

巷《ちまた》ではＭＴＶが大流行。マイケル・ジャクソン旋風が世界中で吹き荒れていました。

「いいなあ、マイケル・ジャクソン……。いいなぁ、世界一……」

現況も顧みず、音楽雑誌の表紙を飾る彼を羨ましがるばかりでした。

（これからどうなっていくんだろう。一等賞ってもう無理なのかなぁ。こんな今の自分じゃ獲れるわけないよな、何にも）

心の中は不安と焦燥で荒れ狂っていました。

「カッコ悪いよ。カッコ悪い」

叫んでみたところで、今はどうにも動けない。

目的も見つからず、タバコと酒の日々。

それはしばらく続いていき、とうとう家賃も払えなくなりました。

「もう4か月たまってんだよね。払えないんなら、出て行ってもらうしかないんだけど」

「すみません、来月には必ず」

「いや、情にすぐ負けちゃうからさあ、俺も。丸井のローンが返せなくなったら終わりだよ。もうここまで。もう無理」

大家さんの断定に返す言葉もなく、わたしは上京のときに持ってきたボストンバッグに最小限の荷物を詰め込み、アパートを後にしました。

テレビやラジカセを質に出してみましたが、大した金にもならず、カプセルホテル代もバカにならないと、ディスコ仲間の紹介で宿泊付きで金ももらえる怪しいバイトに手を出しました。

当時まだ未知の分野だった毛生え薬の臨床実験。

初日に大量の錠剤を投与され、3日後、髪の毛が8割抜けました。泣きました。

5日後、今度は恐ろしいほどの毛が頭だけじゃなく顔中から生えてきました。泣きました。

10日後、何とか元の状態に戻り退院。

しかし、原因不明の発熱・嘔吐《おうと》で再入院。その頃には心も身体も疲れ切っていました。

しかも、入院の一件で大学中退が親にバレてしまいました。

「……大学、中退したんだって？……どうして知らせてくれなかったの？」

「おまえ、何のために東京に行ったんだ」

病院の暗いロビーの公衆電話。受話器の向こうで泣きじゃくる母と、静かだけれど厳しい父の言葉に、わたしは何も言えませんでした。

「やることないなら……帰ってきてもいいんだよ」

こんなことを親に言わせてしまう自分が情けなくて惨めでした。

2週間後、今度こそ本当に退院すると、行く当てもないわたしは近くの公園までさまよい、バッグを枕代わりにしてベンチにゴロンと横になりました。

初めての野宿。ベンチごと沈みゆく感覚があり、このまま底なし沼に呑み込まれていくような気持ちになりました。堕《お》ちていく……とはこういうことを言うのでしょう。次第に、言いようのない孤独が襲ってきました。

金メダルどころか、なんにも成していない。

大学にも行っていない。

バイトもしていない。

せっかく東京に出てきたっていうのに。

こんなはずじゃ、なかったのに。

夜空を見上げると、星がうっすら輝いていました。

（東京の空は狭いなぁ……）

いつの間にか風景が溶け出し、気がついたらわたしは泣いていました。

父や母、竹岡君に見送られ塩尻を後にしたときは、東京には輝ける未来しかない、自分は再び金メダルを手にするのだと、そのために頑張ることを心に誓っていたはずなのに。

故郷塩尻は、遠く、遥か遠くにありました。

「……何やってんだ、俺……。情けねぇなぁ」

わたしはそのままうずくまるようにしてベンチで夜を明かしました。

公園での生活がしばらく続いたある朝、人の声や物音で目を覚ましました。

歌声やギターの音色がどこからか聞こえてくる。わたしは公衆トイレで顔を洗い、何事かと、音の鳴るほうへと歩いていきました。

木々を抜けた先に芝生が広がっていました。

そこでは、ジャージやスウェットパンツやレオタードに身を包んだ多数の若者たちが思い思いに体を動かしていました。

ストレッチをする者、ダンスに興じる者、ギターを鳴らし歌っている者、セリフを暗唱している者など、多種多様なパフォーマンスがわたしの眼前で繰り広げられていました。

それぞれが公園の至るところに自分の居場所を確保しています。

そこに、5年前のわたしがいました。表現部を立ち上げた頃のわたしが。

そう、そこに、わたしが求めていた〝中庭〟があったのです。

(みんな生き生きとしてる。素晴らしい)

その個々の躍動感に充《み》ちたパフォーマンスに、わたしはしばらく見とれていました。

(みんな普段は何してるんだろう。きっと真っ当な仕事に就いてるに違いない。そして、休みのときだけこういう好きなことを楽しんでいるんだ。俺にはできなかった……。俺はこの人たちみたいにはできなかった……)

後悔にさいなまれ、その場を去ろうとしたときです。

「君、ひとり?」

ひとりの青年がフランクに声を掛けてきました。

「僕、こういう者なんだけど」

手渡された名刺に目を向けると、「劇団和洋折衷　代表・村田俊太郎」とありました。

「よかったら一緒にやらない？」

「え……⁉」

これが村田君との出会いでした。長身で少しクセのある長めの髪。そして何より屈託のない笑顔。あっけらかんと言われた、その言葉。

東京という魔物の前でひとり立ちすくんでいたわたしには、救い主のようにも感じられました。

「俺……、チームプレイは苦手で」

それでもためらうわたしを決断させたのは、村田君の次の一言でした。

「この劇団で天下を取ろうと思ってる」

運命かもしれない、と思いました。

ひとりで一等賞を目指してきたわたしが、どん底のタイミングで、村田君に出会い、誘われた。

何の根拠もないのに、わたしは村田君の力強い言葉に、この人となら天下が取れるかもしれないと直感しました。

(これはきっと神様からのプレゼント)

わたしはそれほどまでに弱っていたのです。

「参加させてください!」

早速、劇団員のところへ導かれ挨拶することになりました。

「秋田泉一といいます。よろしくお願いします」

パラパラと拍手で迎えられ、わたしはそのまま練習に参加していきました。


――『劇団和洋折衷』。

座長の村田君が提唱するその理念は、すべてにおける日本と西洋の芸術の融合でした。

ダンスにおいても、日本と西洋の芸術の融合。

先輩たちにならって見よう見真似で踊りました。当時流行したブレイクダンスからの歌舞伎の六方。ジャズダンスからのにらみ。クラシックバレエからの盆踊り。

内心思っていました。

(これ、どういう意味があるんだろう……)

歌においても、日本と西洋の芸術の融合。

公園の階段の段差を利用して2列に並んだわたしたちは、村田君お手製の歌詞カードを見ながら高らかに歌いました。

Can you give me きびだんご?

「♪桃太郎さん　桃太郎さん
　I know you have　きびだんご
　(in your pockets)

　Can you give me one　きびだんご?♪」

「♪If you help me　鬼退治
　I will give you　きびだんご
　(in your pockets)

　Let's go with me to　鬼ヶ島♪」

　内心思っていました。

（和洋折衷ってこういうことなのか？）

　けれど口には出しませんでした。

　この劇団においては村田君の言うことは絶対。

　それに村田君は劇団が目指すべき方向に確信を持っている様子で、わたしたちに矢継ぎ早にダメ出しをしてきました。

「魂で歌うんだ。ほら、血液でリズムを刻んで！　エンジェルを呼んで！　エンジェルたちをここまで引き連れて！」

「はい！」

意味不明でした。

でも、村田君には圧倒的なカリスマ性がありました。村田君に断言されると怒声すら頼もしく、村田君がたまに見せる笑顔が魅力的で、わたしだけでなく劇団員みんなが劇団の活動にのめりこんでいました。劇団自体が、村田君を中心とした一つの宗教のような側面もありました。

それほど村田君の存在は絶対でした。

演劇はチームプレイとはいえ、個々人の修練がベースであり、団体競技を敬遠していたわたしにも居心地は悪くありませんでした。

いや、違う。とにもかくにも楽しかったのです。表現部とも違う、何でしょうこの感じ。次第に劇団が大きくなり周囲から認められていく喜びを、劇団員みんなで共有できる幸せが、そこにはありました。

住むところがなかったわたしは、千駄ヶ谷の村田君のアパートに転がり込ませてもらうことになりました。もう一人、前から住んでいてバーテンダーをやっている小林君という同年輩の人と一緒の、男3人での共同生活。一つの鍋にインスタントラーメンを3袋入れて、3人で器に取り合って啜《すす》ったりする。そんな他愛もないことに幸せを感じました。

劇団仲間の紹介で、秋葉原の大型電器店の呼び込みや代々木のレンタルビデオショップでのバイトも始めました。

ったのです。

わたしは徐々に堕落の底から這い上がり、一等賞を目指して、本来の姿を取り戻してい

『劇団和洋折衷』は、村田君の特異な世界観と地道な活動により、徐々に観客数を増やしていきました。

新撰組とカウボーイの戦いを描いた『ちょんまげガンマン』では、『ルパン三世』の石川五ェ門ばりに日本刀で銃弾を弾く場面が話題になり、日本刀でフェンシングをする『荒野のSEVEN MEN』は、たった50人の観客で初日がスタートしたにもかかわらず口コミで話題を集め千秋楽には満員御礼、伝説の公演となりました。

ファンや入団希望者も着実に増えていき、わたしたちは村田君についていくことに酔いました。

特にわたしは、村田君直々にスカウトを受けた生え抜きとして、公演ごとに役者としてのポジションを上げ、いつしかスター候補と呼ばれるようになっていました。待ちに待った、わたしの東京での黄金時代の幕開けです。

3つ年上の先輩・篠宮亜紀さんに惹かれていったのは、1988年、劇団が路上パフォーマンスを経て芝居小屋へと進出し、定員キャパが200名を越えるようになった頃のこ

とでした。

彼女も同じだったようでふたり何となく惹かれ合い、やがて付き合うようになりました。ショートカットが似合う快活な人でした。

俵万智の『サラダ記念日』に触発され、心の中で短歌も詠みました。

「家《うち》こない？　稽古終わりで　誘われて
酔った勢い　カラダ記念日」

劇団の稽古場にほど近い彼女の狭いアパート。ベッドの上でお互いに裸のまま、劇団の未来や自分たちの将来について延々と語り合いました。

幸せでした。

稽古後に村田君に呼び出されたのは、それから程なくのことです。

「きみが篠宮亜紀と交際してるという噂を聞いた」

静かな口調でしたが、強い怒りを帯びていました。

「はい……」

「劇団内での恋愛は御法度《ごはっと》と言ったはずだ。知ってたよね」

「はい……すみません」

「彼女を取るか、劇団を取るか。よく考えて結論を出してくれたまえ」

「え⁉」

これまで村田君のお気に入りとして、アパートにも住まわせてもらい、役者としても高い評価を受けてきたわたしに初めて向けられた、村田君の激昂《げきこう》でした。わたしは焦りました。

村田君は劇団において神にも等しい存在。劇団員一同、その一挙手一投足に注目し、心酔し、誰も抗う術《すべ》を知りません。

けれど、たかが恋愛ではありませんか。確かに劇団内恋愛は禁止でしたが、バレなければと、わたしたち以外にも結ばれている劇団員はいました。

「ほ、本気ですか……？」

わたしは村田君の真意を推しはかろうと、へらへらと笑いながら様子を窺いました。

村田君が大きくため息をつきました。

「これまで僕は君を特別扱いして勘違いをさせてしまったようだ。これは劇団を大きくしていくために不可欠な規則だ。……彼女を取るか、劇団を取るか、2、3日のうちに結論を出してくれ」

なぜここまでわたしにだけ厳しくあたるのか、わたしはそれをそのまま村田君からの期待の大きさだと理解しました。そして、最後に付け加えられた淋しそうな一言がとどめを刺しました。

「君となら天下が取れると思って、ここまでやってきたんだ……」

この言葉に、わたしは弱かった。

翌日、彼女のアパートで別れ話をしました。

「ずいぶん都合がいいわねぇ」

「ごめん……」

「劇団の未来のために別れる？　何それ」

愛情云々《うんぬん》について一切語られぬ別れ話に、篠宮さんは怒りを通り越し、呆れ果てていました。

「でも俺、本当にこの劇団に賭けてるんだ。ここでみんなと一緒に一等賞を獲りたいんだ！……」

これまで女が原因で一等賞を逃してきたわたしが、天下を取るために下した苦渋の決断。

今思っても彼女にはなんの非もありません。

彼女はもう何も言いませんでした。

それからすぐ篠宮さんは退団し、わたしは彼女を追いかけませんでした。そしてこの別れが、わたしの覚悟を一段と強固なものにしました。〝この劇団でやっていく〟と心を決めました。

（村田君についていく。この劇団で一等賞を目指すんだ。……ドッジボールでもバスケットでもなしえなかったみんなでの一等賞を、今度こそこの手に摑み取るんだ!)

稽古場で誰かがよく流していた爆風スランプの『Runner』が、そんなわたしの決意をあおりました。時代が昭和から平成へと移り変わっていく、25歳のときのことです。


1990年、第7回公演『フランケンシュタインin四谷怪談』。

わたしは篠宮さんのことを吹っ切るかのように、フランケンシュタイン博士が創り出した怪物を熱演しました。

26歳になっていたわたしは、この頃には『劇団和洋折衷』の看板役者にまでのぼりつめていました。村田君とは阿吽《あうん》の呼吸。演出家の意図を瞬時に汲《く》み取り、巧みに演じていきました。

わたしの心はぶれませんでした。振り返らず、ただまっすぐ進むだけ。

当時、劇団の仲間に面白いから絶対観たほうが良いと薦められた『ニュー・シネマ・パラダイス』。

映画館でずるいくらい引き込まれました。

スクリーンを見つめながら思っていました。

(あの〝映写室〟は少年トトにとっての〝中庭〟だったんだろうな。自分も今のこの〝舞台〟という〝中庭〟でずっと過ごしていきたい……!)

考えてみると、ひとつのことがここまで長く続いたのは初めてのことでした。おそらく、演劇というとらえどころのない世界がわたしに合っていたのでしょう。決して安定しない不安定さの中に魅力を感じていたのだと思います。

1992年、シアターサンモールでの第10回公演『信長&ジュリエット』は盛況のうちに幕を閉じました。

千秋楽の舞台が終わり、撤収作業を終えたわたしたちは行きつけの居酒屋で打ち上げをしました。アンケートの劇評も高く、さらには連日満員御礼でみんな上機嫌でした。宴会は明け方まで続きました。

そろそろお開きということになり、村田君が挨拶に立ち上がりました。

「みんな、今回の成功は通過点に過ぎない。俺たちの伝説は始まったばかりだ。いずれ『第三舞台』『夢の遊眠社』、それらを抜き去って『劇団和洋折衷』はトップに立つ。これからも俺についてきてほしい」

拍手はしばらく鳴り止みませんでした。

わたしも立ち上がり、誰よりも大きな音で拍手し続けました。

居酒屋を出るとすでに外は明るく、朝日がひときわ眩しかったのを覚えています。

始発電車に乗るため、劇団員たちは三々五々散っていきました。

わたしは村田君と共にアパートへと向かう電車に乗り、駅からの道のりをふたり並んで歩きました。

鳥のさえずり。春の風が肌に心地よかった。希望の朝の光が優しくつつんでくれる。

これまでずっとひとりで一等賞を目指してきました。

でも、今は違います。

村田君がいます。みんながいます。

篠宮さんを失ってまで手に入れたかった未来が、少しずつ現実になりつつあるのを感じました。

東京に来てから〝これ！〟というものが見つけられずさまよっていたわたしの、ここはサンクチュアリ。

わたしは歩を止め向き直ると、村田君の目を見て伝えました。

「……俺、村田君に出会えて本当によかった」

以心伝心。わたしの言葉を聞くやいなや、村田君は微笑みました。

決して説明上手ではないわたしの言いたいことを、しかと受け止めてくれたのでしょう。

しばらく見つめ合ったのち、再び歩き出す。

すると程なくして村田君が、そっと、わたしの手を握りしめてきました。

「今日からさ、小林君、大阪に旅行で3日間いないんだ。やっとふたりきりになれた」

「え……」

トキンと心臓が鼓動しました。そして、さらにギュッと手を握られた瞬間、世界が一気にグニャっと歪んだ気がしました。天と地がグニャっとひっくり返る。

何かを熱く語り掛ける村田君の瞳。

状況を理解するのに数分掛かったような、一瞬だったような記憶があります。まさか⁉

(アンビリーバボー‼)

全身の毛が逆立ちました。わたしは握られた手を振りほどくと、

「ごめん、村田君。村田君、ごめん。ごめん、ごめん、ごめん、ごめんなさーい！」

と、早口でまくしたてながら、一目散に駆け出していきました。

「待ってぇー！」

背後に村田君の妙に女性っぽい叫び声を聞きながら、もう何が何だかわからなかった。

村田君が、ホモだったなんて！

今思えば、わたしに与えられる役は、常に、出演もする村田君とペアの役どころでした。

土方歳三と沖田総司。

ユル・ブリンナーとスティーブ・マックイーン。

フランケンシュタイン博士とフランケンシュタインズモンスター。

織田信長と森蘭丸。

ふたりっきりでの居残り練習も、よく考えれば不必要に多かった。

（そうか、小林君とは以前からその関係にあったのか。それで俺を新しい恋人にしようと虎視眈々と狙っていたんだ。チャンスを、その千載一遇のチャンスを待っていたんだ。それで今日、小林君がいないのをいいことに俺と浮気するつもりだったんだ！）

やみくもに走り続けながら、今まで懸命に創り上げてきたありとあらゆるものが、ガラガラと大きな音をたてて崩れるのがわかりました。『劇団和洋折衷』で成功して、有名になって、いろんな賞をもらって。そんなわたしの野心が崩れ落ちていく――。

（そうか、篠宮亜紀と付き合ったときいつになく怒ったの、あれは村田君のジェラシー。……何てことだ）

走って走って、走り続けました。

どのくらい走ったでしょうか。とうとう疲れ果てて足を止めたわたしは、通りがかった公園の中に入ると、しばらく膝に手をついて荒い息を吐き続けました。そして、呼吸がようやくおさまると近くのベンチに腰を下ろし、ゴロンと横に――。

何も考えられませんでした。

（村田君とこんなことになって、あの劇団には二度と戻れない……）

その事実だけがはっきりしていました。

数年間の苦労と努力が水の泡。途方にくれるとはまさにこのこと。あんなに心地よかった春風が一瞬にして苦い匂いに変わっていました。

しばらくは空を眺めていましたが、やがて放心状態のまま目を閉じると、絶望と混乱と疲労が一遍に押し寄せてきたのでしょう、強烈な睡魔が襲ってきて、わたしはそのまま眠りに落ちてしまいました。

1時間も経《た》った頃でしょうか。わたしは目を覚まし、ムクリと起き上がりました。

「……またひとりか」

まるで発毛剤の臨床実験の退院のあの夜から一夜明けただけのような、あの無一文で公園のベンチで横になって泣きながら眠ったあの夜から一夜明けただけのような、不思議なトリップ感がありました。

けれどあのときのような涙は出ませんでした。

朝の公園には人の通りが増していました。散歩している老人、犬を連れ歩いている中年の女性、ジョギングしている青年。何ら変わらない日常がそこにはありました。自分ひとりが天変地異を起こしただけで、世の中はちっとも変わってない。人生なんて、世の中なんてそんなものです。

以前より冷静な自分がいました。

「もしもし、俺だけど……」

緑色の公衆電話を見つけ、ありったけの10円玉を並べて電話を掛けました。

「変わりないならいいんだ。お父さん、またいないの？　変わらないな、ちっとも。俺？　絶好調だよ。前に話した劇団でも看板役者になってさ。けど、そろそろ次の目標に向かって進路変更しようかなぁなんて考え始めたところ。座長？　相変わらずいい人だよ。ずっと一緒にも住まわせてもらってるし。……でもそこもまぁそろそろ出ないとと思ってるけど」

強がりしか言えないわたしに、母は、いつもと変わらない調子で言いました。

「あらら、てっきり帰ってくるっていう電話だと思ったのに違ったのねぇ」

それは、何もかも承知している声でした。

「……何言ってんだか」

親というのは、本当にありがたいものです。

しばらくの沈黙ののち、小銭の残りが心もとなくなってきて、決心が鈍らぬうち、わたしは一気呵成《かせい》に告げました。

「母さん、俺さ、20代も後半だし、だから決めたんだ。これからは1年に一度、何でもい

い、何らかの分野で一等賞を獲ろうと思うんだ」

　他人から見たら、「は?」といったバカげた目標でしょう。でも、わたしはいたって大真面目でした。『劇団和洋折衷』を失ったからには、これをこれからのテーマとしていこう。がむしゃらに突っ走っていこう。そう心に決めていました。これが秋田泉一です。立ち止まることを知らない〝金メダル男〟、わたしの真骨頂です。

　荒唐無稽な宣言に母は笑ってくれました。

「ホント、父子《おやこ》ねぇ。お父さんも1年に一度は家出するって決めてるみたいよ」

　聞いてるわたしも思わず笑っていました。母は明るい声で続けました。

「泉一、あんたには何かある。だから、大丈夫。身体に気をつけて、いってきなさい」

「……うん」

「無理だけはしないでね」

　電話を切ったわたしは、すっかり心が凪《な》いでいるのを感じました。不思議と淋しくはありませんでした。

「負けねえ」

　足取り軽く、わたしは歩き出しました。

　午後、村田君がいないであろう時間を見計らい、アパートの部屋へコソ泥のように忍び込むと、最小限の自分のものをバッグに詰め込んでそそくさと後にしました。

「お世話になりました。ありがとうございました」

走り書きした紙きれ一枚をテーブルの上に残して――。

それから、手始めに、わたしは日本を脱して世界へ目を向けることにしました。バイトにバイトを重ねてお金を稼ぐと、ツーリング用の自転車を購入。〝自転車世界一周最短記録〟を目指し、東京・日本橋をスタートしました。まだまだ体力はあり余っています。大阪、広島、福岡を経由し、ギネスのルールに則《のっと》り、韓国までフェリーで移動。そこから中国、香港、ベトナム、タイと快走していきました。

しかし、ミャンマーで……自転車を盗まれました。やむなく断念。無念の帰国。

日本に帰ってから思いました。

（あれ？　もしかして現地で自転車を買い換えればよかったのでは……）

しかし、もう後の祭りです。

わたしはすぐに次なる目標に向かいました。

今度は、もっと現実的な一等賞を狙っていこう。あっさり方針を変えたわたし。選んだのは、『お～いお茶新俳句大賞』。先人の残した偉大な俳句の数々に感銘を受け研究に研究を重ね珠玉の傑作を生み出し送付しました。

「柿食えば　蛙飛び込む　最上川」

「静けさや　そこのけそこのけ　法隆寺」

落選。先人の俳句を研究し過ぎてワケがわからなくなっていました。

もっと現実味のあるジャンルはないか。

探しに探した挙句、テレビ出演を目指し次に選んだのは『欽ちゃんの全日本仮装大賞』。渾身《こんしん》のアイデアを思いつき、ダンボールを切り貼りし絵の具で鮮やかに描いていきました。麹町の日本テレビ別館の予選会場へ、仕上げた作品を持って意気揚々と赴きました。

「オーディション番号89番、秋田泉一、やります」

体に装着した段ボール。両手をパッと開くと、肉色に塗りたてたものが左右に大きく広がりました。

「アジの開き！」

水を打ったように静まるオーディション会場。

審査員の一人が申し訳なさそうに尋ねてきました。

「それ、自分で考えたの？」

「はい！　寝ずに考えて導き出した作品です」

「……それ、ずいぶん前に子供がやって優勝したやつだよ。まったくおんなじ」

「え……」

失意の中、欽ちゃんにも会えないまま帰路につきました。涙の半蔵門線。

『劇団和洋折衷』での演技経験を生かし、文学座や青年座、劇団四季などありとあらゆるオーディションも受けましたが、すべて不合格。
（『劇団和洋折衷』とは何だったのか……）
自問自答を繰り返す日々を送りました。
それでもまだまだくじけませんでした。
けれど、『パネルクイズアタック25』や『TVチャンピオン』の大食い選手権も縁がありませんでした。『タイタニック』が世界中でナンバー1だった頃。女子がみんな「レオ様、レオ様」言ってた頃のことです。

月日は流れ、1998年。34歳になったわたしは、ついにイチかバチかの賭けに打って出ることにしました。

またもバイトを掛け持ちし、一眼レフカメラを購入すると、絶えず紛争が続く中東へ旅立ちました。戦場カメラマンとして〝ピューリッツァー賞〟を狙うという無謀な賭けに出たのです。

バグダッドの安宿に滞在し、慣れない英語でコネクションを作り、カメラ片手にあえて危険地帯に足を踏み入れていきました。

しかし、所詮はにわか戦場カメラマンです。

賞狙いという下世話な気持ちが間違いの元。撮影中、銃弾の雨あられがわたしの5メートル先の壁に突き刺さってきたとき、わたしはションベンを漏らしました。

そして、寝泊まりしていた宿の隣の建物が深夜、爆撃されて火だるまとなったとき、わたしはウンコを漏らしました。

「……帰ろう」

ギリギリまで粘ってはみましたが、2000年ミレニアムの年、ついにわたしは帰国を決意しました。お金も底をついていたので、安い船を乗り継いでいくことにしました。

クウェートまでヒッチハイクで下り、「働いてお金は返しますので」と頼み込んでコンテナ船に乗せてもらい、ペルシャ湾を出発。ホルムズ海峡を通過してアラビア海へ。下働きに従事しながら、やっとのことでインドに到着。この頃には船酔いもまったくしなくなっていました。

インドからもまったく同じ要領で、必死に頼み込んで貨物船に乗船。ベンガル湾を横断し、シンガポールへ向けて航行していきます。船乗りの一人、インド人のハムレットという青年と道中、仲良くなりました。彼は去年まで約2年間日本に滞在していたらしく、

「エッ、シラナイノ? ウタダヒカル。モウ、サイコーダヨ! 『Automatic』『First Love』スーパーヒットネ。ダントツナンバーワンネ」

「へぇ～そうなんだぁ。すごい新人が出てきたんだぁ。へぇ～」

にわか戦場カメラマンで悪戦苦闘している間の日本の情報を、ハムレットは懇切丁寧に教えてくれました。

「えっ、今、石原慎太郎なんだ」

「ソウヨ！　ハルノトチジセン、ブッチギリ　トップトウセン」

ハムレットや他の乗組員たちから温情で餞別《せんべつ》をもらったりしたお陰で、シンガポールからはチケットを購入して安いフェリーに乗り込むことができました。フィリピンを経由しいざ日本へ。

（やっと日本に帰れる……）

甲板に立ち心地よい南風を顔に感じながら、安堵の念を感じ始めていました。

しかし、わたし秋田泉一の人生、なかなか予定通りには進みません。フィリピンを出て5日後、フェリーが大嵐に遭遇しました。

わたしは最下層の階で寝ていました。あまりの激しい揺れに周囲もざわつき始め、恐怖を感じた乗客たちは上の階へと移動していきました。集団心理もあいまって、誰もがパニック状態になっていました。押し合いへし合いの大混乱。悲鳴があちこちでこだまする中、わたしは人垣をかき分けて何とか甲板へ辿り着きました。

と、次の瞬間、最大級の大波がフェリーめがけて襲いかかってきました。

その波に引っ摑まれ、わたしを含め大勢の乗客たちが船の外へと投げ飛ばされ、その勢いで、わたしは海中深くまで引きずり込まれました。

絶体絶命の状況。

必死にもがきましたが、どっちが上でどっちが下か、まるでわかりません。

(生きるんだ！　ここで死んでたまるか！)

わたしは微《かす》かな光を頼りに息をこらし、こらえにこらえ、こらえにこらえ、平泳ぎの格好で上昇していきました。そして、ついに海面に顔を出すことに成功したのです。

九死に一生の生還。

〝50メートル無呼吸王〟はダテではありません。海面に顔を出したわたしは、ブハーッと大きく息を吸い込みました。

あたりは大きなうねりにより視界がさえぎられ、船や他の乗客がどうなったのか、まったくわかりません。

懸命に海中で足を掻《か》きながら波間をしばらく漂ううち、少し目が慣れたわたしは、フェリーに括《くく》りつけてあった浮き樽《だる》が漂流しているのを発見。おそらくは鬼の形相で、尋常ではない力でその浮き樽まで泳ぐと、しがみつきました。

それからどれだけの時間が経過したでしょうか。次第に腕の感覚はなくなっていました。

それでも絶対に浮き樽から身体が離れないよう、全身のありとあらゆる力でしがみつき続けていました。ついさっきまで日本へ帰れる安堵でいっぱいだったというのに、今は太平洋の沖合で樽だけを頼りに漂流しているなんて。人生というのは本当に何があるかわかりません。

あたりが白んでくるにしたがって、波もおさまり、あの猛々《たけだけ》しさがウソのように、わたしがいる海は、静かなやさしさへと徐々に変貌していきました。

やがてすっかり夜が明けたとき、遠くに島影を発見しました。

「し……島だ……！」

わたしは最後の力を振り絞り、手足をバタバタさせ、島へと向かっていきました。近付くにつれ、だんだんとその島の様相が露わになってきます。

うっそうとした森が生い茂っていました。どうやら無人島のようです。それでも陸地は陸地です。わたしは息も絶え絶えに、島まで辿り着きました。

静かでした。静けさの中に怖さを感じました。

そこはまるでキングコングでも出てきそうなぶっそうな島。実際、浜辺から少し中に足を踏み入れたとたん、いきなり巨大なトカゲが姿を現し、わたしに向かって突進してきました。

（殺される！）

わたしは思わず後ずさり、咄嗟《とっさ》にそばに落ちていた棒きれを手に取りました。

「小手、小手、小手、小手、小手！」

条件反射のように叫びながら、わたしはやみくもにトカゲの前足一点を打ち続けました。

さすがはかつての〝小手男爵〟です。

小手が効いたのか、巨大トカゲは戦意を喪失し、やがてスゴスゴと引き揚げていきました。

無人島ではわたしのこれまでの経験がいかんなく発揮されました。

海に入り次々と魚をゲットしていく。小5のときに優勝した鮎のつかみ取り大会。その腕は落ちていませんでした。

火起こしにしても、キャンプ場での優勝はまがいものではなかったらしく、多少の苦労はあったものの早々と着火に成功。獲った魚や貝などを火に炙《あぶ》って食いました。

何より幸いしたのは雨でした。

この島はほとんど毎日のようにスコールが訪れました。葉っぱに落ちた雨水をたぐり寄せて1か所に溜《た》めるようにして、それを飲みました。最初は何度も腹を下し、嘔吐しました。

しかし、人間とは学習する生き物です。飲み水として適するように、わたしは日々改良を加えていきました。たくさんの蔓《つる》を丸めて鳥の巣のようにし、そこに砂や小石を敷き詰めて雨水をろ過し、混雑物を排除。いつしかそれは、市販のミネラルウォーターと遜色《そんしょく》ない味になっていきました。その形は小学4年のときに作った工作物『ウォーターゲート事件』に酷似していました。

『表現部』時代、焼却炉の廃材を組み立て部室を建てた経験に基づき、木々や大きな葉っぱを切り取ってつなぎ合わせてつるをロープ代わりに結びつけ、一人暮らしには充分な住まいも造り上げました。

もしわたしが、これまで一等賞を目指していなければ、無人島で火起こしもできず、魚も獲れず、巨大トカゲに襲われて早々に朽ち果てていたでしょう。

そう考えると、人生って本当に不思議です。

金メダルばかりを追い求めカラ回りしてきた36年にわたるわたしの過去たちが、これまでとまったく関係ないはずの無人島でわたしを助けてくれたのですから。


気が狂いそうになるほどの有閑を、ひとりどう過ごせばいいかにおいても、わたしはベテランでした。

ひとりには慣れています。木を削ってけん玉やヨーヨーを作り、日がな一日遊びました。

浜辺に佇み、詩作にもふけりました。

「無人島にいるよ　ひとりでいるよ

でもひとりじゃなかった
ウミガメがいたよ
ハゲタカも　人食い花も
笑いかけてきたよ」
　高校時代の中庭と違い、遠巻きに奇異なものを眺めるようにしていた野次馬はいません。ひとり。完全にひとりでした。
　気がつくと浜辺に大の字になって寝そべり青い青い空を見上げながら、わたしはいつか聞いたあの歌を口ずさんでいました。
「♪ここは私のサンクチュアリ
　ひとりぼっちのサンクチュアリ
　私はここで輝くの
　力の限り輝くの
　誰のためでもないの
　私は私だもの♪」
　次第にここは、わたしにとってあの〝中庭〟なのだと感じられるようになってきました。
　ムクリと起き上がると、わたしは俳句の創作にも取りかかりました。
「無人島　ぼくが来てから　有人島」

「ココナッツ　食べて爽快　クロレッツ」

わたしはここでの生活に適していました。

たったひとりでもわたしはやっていけるという、奇妙な充足感がそこにはありました。

しかし、それはやはり強がりだったのでしょう。孤独はわたしを順当に弱らせ、無人島での生活が長びくにつれて、次第にわたしは常軌を逸した行動をとるようになっていきました。

ある日わたしは、巨大な葉っぱを羽根代わりにして背負い、『雨乞いの舞』をしたかと思うと、おもむろに海に飛び込み泳ぎ出しました。

無呼吸王の意地を見せ、息継ぎもせず、ただひたすらに沖を目指し泳ぎます。当然、50メートルほどで断念し、踵を返すと、息も絶え絶え浜辺に戻りました。

今度は、そのいら立ちをどうしていいかわからず、気が狂ったようにせっかく建てた浜辺の住まいを壊し始めました。俗に言う発狂です。自分を止められませんでした。

しばらくして、今度は浜辺に竹岡君たちの幻覚を見るようになりました。わたしは日がな一日、竹岡君と他愛もない話をして過ごしました。

最後に訪れたのは〝無〟。わたしは思考を停止し、ただボーっと浜辺に座り続けました。

わたしはかつて思っていました。みんなから称賛されてこその一等賞。それが真の一等賞だ、と。

ここでは、無呼吸で泳いでも、家を建てても、拍手も喝采も何も起きません。

淋しかった。

苦しかった。

誰か一人でいいからここにわたしがいることを知ってほしい、わたしの声を聞いてほしい、その想《おも》いが日増しに強くなり、抑えきれなくなっていました。

「もうひとりは嫌だ……」

堪《こら》え切れず、泣いていました。

本当はずっとそう思っていました。塩尻でだって東京でだって、好きでひとりだったわけじゃありません。ただ、ひとりでしかいられなかっただけ。一等を目指さずにはいられないこの気持ちを、誰か一人でいいから、本当はずっと理解してもらいたかった。


どれくらい経ったでしょう。

1年が過ぎたのか、2年は経ったのか。常夏の島だから、この頃には時の流れもよくわからなくなっていました。髪もヒゲも伸び放題でした。

その日、わたしはいつものようにただボーっと崖の上に佇み、何をするでもなく海を眺めていました。

HELP!!

と、1隻の船が沖に現れました。

(これは幻か⁉)

何度も目をこすり自問自答しました。しかし、確かにその船は存在していた。

反射的に、わたしは大声で叫んでいました。

「お父さーーーん。ここにいるよーーー‼」

幾ら歳月が経過したとはいえ、高ボッチ高原秋の大声コンテスト優勝の経歴はダテではありません。どうやら船はわたしに気付いてくれたようです。

今度は中学生英語スピーチコンテストが役に立ちました。

「Help!(助けて!)

Please get me on your ship!(船に乗せて!)

I wanna go back to Japan!(日本に帰して!)

Love can save the Earth!(愛は地球を救う!)

Space battleship YAMATO in leaving!(旅立つ船は宇宙戦艦ヤマト!)」

わたしの声に反応して、船は進路を無人島に向けてくれました。船が島に着くまでの時間が、果てしなく愛《いと》しく感じられ、その一方で、船に乗ってからの記憶はほとんどありません。

こうしてわたしは無人島から、奇跡の生還を果たしたのでした。

4

第四章　最良の女性

これまで話したことのどこまでが本当でどこからがフィクションか、って？　全部本当です。荒唐無稽ですか？　信じるか信じないかは読者次第？　うーん、記憶にあることをそのままお話ししているだけなんですけどねぇ。

でも、記憶って不思議ですよね。わたしはわたしの記憶に基づいてこうしてお話ししているわけですが、同じ出来事であっても他の人には、違う印象で記憶されていることもあるわけで……。

例えば宮本武蔵っていう剣豪。小説読んだ人、映画観た人、大河ドラマ観た人、漫画読んだ人、それぞれで印象が違ってくるじゃないですか。

ええと……もっとわかりやすい例えで言うと、この間送ってくださった『東京オリンピック生まれの男』の連載インタビューの中で、温水洋一さんが大阪万博のことを語ってましたよね？　〝世界〟とか〝外国〟を意識したし、子供心に非常に印象深いイベントだったと。……でも同い年だというのにわたしにとっては、大阪万博はそこまで強い思い出ではないんですよ。「やってたな、なんか万華鏡みたいなお土産もらったな」くらいしか記憶にない。それって、同い年であっても、人生に影響があった出来事は違うし、異なる印象をもって記憶されるということですよね。

思い出話は、語り手により語られ方が異なるものである、と。

同窓会の面白さはそこにあるのかもしれないです。それぞれがそれぞれの視点で記憶していることを話すから、懐かしいけれど新鮮な驚きもあって楽しい。みんなの話を聞いて、自分の思い出が記憶し直されたりすることもある。だから集まるたび、何度も同じ思い出話で盛り上がれる……。

話が逸《そ》れましたね。無人島から奇跡の生還を遂げたのは本当です。わたしの記憶がオーバーではないことは、ＹｏｕＴｕｂｅ、見てみていただければわかります。わたしの帰国会見、削除されていなければ見られるはずですから。

２００３年11月、39歳になったわたしは成田空港の到着ロビーに降り立ちました。５年ぶりの日本に感慨を覚える間もなく、空港に押し寄せた大勢の人の数にわたしは圧倒されていました。

「おかえりなさーーい！」

「おめでとーーう！」

数百というカメラのフラッシュが雨あられと焚《た》かれ、見知らぬ人たちが笑顔でわたしに手を振っていました。

降り注ぐ称讃の声。駆けつけた多くのマスコミ陣がわたしを取り囲みます。テレビで見たことのある有名リポーターや人気アナウンサーの顔もありました。

「こちらに目線をお願いしまーーす」

「テレビを見ている日本のみんなに一言！」

無人島で請い願っていた、誰か一人でもいいからわたしに気がついてほしいという願いが、１億２千万人という実数の現実となっていました。

まさか、こんな形で一等賞になるとは。

そう、この時この瞬間に限って言えば、わたしは間違いなく日本一の有名人になっていました。

空港内にある会議室のような場所で、緊急記者会見が開かれました。

「秋田さん、今の心境は？」

「ええーー、とにかく日本に帰って来られてーーよかったです」

「今、一番したい事は？」

「ええーー、ラ、ラーメン食べたいです」

「無人島での生活で、一番苦しかったことは何でしょうか」

「はい、ええ――、水の確保ですかね。でも、毎日っていうくらいスコールがやってきて――、それで助かりましたね」

机にずらっと並べられたコードつきマイク。

質問が次から次へと飛んできました。

カメラの閃光《せんこう》が眩しかった。

(これが日本一ということか)

わたしはしかと嚙《か》みしめながら、一つ一つ応対していきました。


ぎこちないながらも朴訥《ぼくとつ》とした受け答えがよかったのか、日本全国お茶の間の人気は上々。わたしは一躍スターになり、その後もマスコミの取材攻勢は続きました。

女性誌はさっそくわたしの経歴を洗い出し、「無人島から帰ってきた伝説の金メダル男」なる特集まで組まれました。

子供の頃、〝塩尻の神童〟と呼ばれていたこと。『表現部』という一風変わった部活をやっていたこと。幻の劇団『劇団和洋折衷』の看板役者だったこと。一等賞を目指して約10年、日本や世界で記録に挑戦し続けていたこと。

よくぞここまで、と本人が驚くくらい多岐にわたって調べ上げてありました。

各テレビ局のワイドショーもこぞって報じました。〝秋田泉一の無人島生活完全再現⁉〟

〝ついに判明！　秋田泉一の遭難ルート〟なんてものが高視聴率をバンバン叩きだし、次第にワイドショーだけにとどまらず、『トリビアの泉』でわたしに関する問題が出題され〝へぇ～〟ボタンが連打されたり、ドランクドラゴンがわたしをモデルにコントを披露したりするようになりました。

信じられませんでした。

家でテレビをつけたら自分のことをやっている……！　何だかこそばゆくて気分がよかった。

雑誌の表紙もあまた飾りました。『BRUTUS』『BIG tomorrow』『剣道時代』『釣ファン』『たまごクラブ』『ひよこクラブ』……etc.。

なぜ『たまごクラブ』『ひよこクラブ』から依頼が来たのかは、今も謎ですが、〝生命力〟について巻頭インタビューで語りました。

それらの雑誌では、ニューヨーク・ヤンキースで大活躍している松井秀喜選手、シドニーオリンピックで日本女子マラソン初の金メダルを獲った高橋尚子選手、世界水泳選手権で2つの金メダルを獲ったばかりの北島康介選手とも対談しました。〝平泳ぎ王〟と〝無呼吸王〟で語り合う日が来るなんて、夢のようでした。

故郷に錦も飾りました。

塩尻での凱旋《がいせん》講演会。満員の塩尻市文化会館で、わたしは有頂天になっていました。

「それは人間の勝手な思い込みなのではないでしょうか。できないと思うからできない、できると思えばできるのではないでしょうか。あきらめない心、それが大事なのではないでしょうか。それが人間なのではないでしょうか」

壇上のわたしへ送られる万雷の拍手。

まったく同じことを語ったというのに、かつての小学校を卒業するときの川原先生とは180度違う反応でした。

そう、過酷だった無人島暮らしが、わたしに成功をもたらしてくれたのです。

わたしは酔いしれました。快感でした。

懲りないというかめげないというか、これまで我ながらへこたれないタイプだと自負していましたが、確かにへこたれず、一生懸命生きていれば、人生報われるときもあるものです。

一階ロビーで販売した〝無人島グッズ〟も飛ぶように売れたそうです。

講演を終え、楽屋に戻ると懐かしい顔ぶれが待っていました。

竹岡君。上京する日、塩尻駅のホームまで見送りに来てくれて以来の再会。

短髪、銀縁メガネは相変わらずでした。

初めての、たったひとりの友だちはわたしの成功を我がことのように喜んでくれていました。

「秋ちゃん、すごいねぇ。感動した。すごくよかったよ」

「ありがとう。そうかぁ、今は学校の先生かぁ。うん、竹岡君らしい」

「バスケ部の顧問もやってるんだ。今日、紅白戦やったんだけど、みんな張り切ってたよ」

「おお、そうかぁ。そっかぁ」

あの忌まわしい紅白戦の記憶が蘇りかけましたが、即座に頭の隅へ追いやりました。

竹岡君を見送ったあと声を掛けられ、振り向くと、一人のかなり太った中年女性が笑顔で立っていた。

「秋田君……わたしのこと、覚えてますか？」

「ん？……え⁉……もしかして、や、安田さん⁉」

女性は恥ずかしげにうなずきました。

平静を装いましたが、脳内を襲う残念感。

「お久しぶりです……。ごめんねぇ……、こんな変わっちゃってぇ」

「いやあ、久しぶりぃ」

あの中学のときからおそらく2倍以上の体重になっているのであろう、巨漢のかつてのマドンナ。

時の流れは時として残酷です。

けれど、丸くなった顔に浮かぶ何のてらいのない笑顔は、彼女が今幸せであることを十二分に証明していました。

「あ、あのほら。古賀とはどうなったの？　俺の後ろの席の古賀……」

「ああ、古賀君？　結局付き合わなくて。ねぇ、丸尾聡って覚えてる？」

「えっ丸尾？　丸尾ってあの古賀の後ろの席にいた⁉」

「そう。それが今の私のだんな」

「安田さん……どんだけ、あの列好きだったの⁉　ハハハ」

時の流れはやはり偉大です。

もう二度と顔を合わせることもできないと思っていた安田さんと、こんな話も普通にできるようになっていました。

中学時代、一等賞に向けるのと同じ情熱で恋をし失恋したあの日の思い出が、苦いだけじゃない新しい姿に形を変えたのでした。

（それだけお互いに年を取ったのだ……）

彼女が酸《す》いも甘いも知ったひとりの中年女性になったように、わたしももはや、初めての失恋にうろたえ夜中の塩尻をさまよった若者ではなく、人生に自分なりの折り合いのつけ方を学んだひとりの中年男性になったのを感じました。

それが嬉しくもあり懐かしくもあり、そして淋しくもありました。

両親も楽屋に会いに来てくれました。

電話では何度か話していましたが、面と向かっては久しぶりでした。

年を重ねても変わらないこともあります。両親が喜んでくれるのは、子供にとっていくつになっても嬉しいものです。わたしの手を取り、

「よかったぁ、よかったぁ、無事で。ほんと、よかったぁ」

と、何度も〝よかったぁ〟を繰り返し涙を流す母。父は後ろでそんな母を見守っていました。

「おまえの放浪は、俺の比じゃないなぁ。大したもんだ！」

「もう、あんたぁー」

ふたりともそれなりに年は取りましたが、変わらず元気で何よりでした。

「フジテレビがこの間来たぞ」

「突然なんだもの。お化粧しとけばよかったわ」

幸せな景色が眼前に広がっていました。

両親も面会の客も帰り、人気のなくなった楽屋のソファであらためて帰国の喜びを噛み

しめていると、突然声がしました。

「今日から秋田さんのイベントの担当をさせていただきます、亀谷頼子です。よろしくお願いいたします」

ホールに着いたときから見かけていた、メタルフレームのメガネが印象的な、それなりに年はいっているものの長身で楚々《そそ》とした雰囲気の女性が背後で名刺を差し出していました。

「ああ、よろしくお願いします」

再会を邪魔しないよう、みんなが帰るのを待って挨拶してくれたのがわかり、地味だけれどしっかりした人なのだと思いました。

イベント制作会社に勤務する彼女は、今後、わたしの講演会のスケジュール調整をはじめ、その土地ごとの会場での運営全般を担っていくとのことでした。わたしが芸能事務所などに所属していなかったこともあり、次第に彼女は即席のマネージャーみたいな存在になっていきました。

多少芸能に関する知識があるようで、右も左もわからないわたしはずいぶん助けてもらいました。

それから引っきりなしにテレビやラジオ、講演会の仕事が舞い込み、わたしは日々追われていきました。街を歩けば、わたしはすぐ見つかり、そんな状況を素直に楽しんでいました。だって、こんなにスポットライトがあたったのは人生で初めてのことでしたから。『世界に一つだけの花』が大ヒットを飛ばしていたSMAPとも、何度か共演を果たしました。

そうやってしばらくは成功の余韻にひたっていました。

しかし、世間というのは怖いものです。

最初はよかったんです。新鮮さで持っていました。けれど〝世間〟は、だんだんとわたしに飽きてきたのでした。

こちらにも問題はありました。

テレビタレントとして圧倒的に力不足だったのです。トーク力不足、それが徐々に露呈していきました。

クイズ番組に出ても、優勝するわけでもなければ面白解答をするわけでもない。何の爪痕も残せない。ワイドショーに起用されても、気の利いたコメントの一つも発言することなく番組は終了してしまう。実に中途半端なわたしのキャラクター。

これでは使い物になりません。

芸能界のことはよくわかりませんが、プロデューサーや共演者の反応が芳しくないことは、素人のわたしにもさすがにわかりました。手にしたとばかり思っていた金メダルのメッキが、だんだんと剝《は》がれていく感覚に襲われ、誰にも相談できずにひとり怯えました。そんな予感に限って、予想以上のスピードで現実になるものです。3か月もすると、テレビ・ラジオの仕事は確実に減っていきました。ある一定の番組を一巡し終え、2度目の出演の声が掛からないというパターン。無言の、それでいて問答無用の戦力外通告。

わたしはいつしか全国各地の講演会で食いつないでいくようになっていました。いわゆるドサ回りというやつです。

そのつど、亀谷さんが同行しました。

移動ばかりで身体がきつかったけれど、一度は日本中から注がれていた関心が一気に冷め、世間から忘れられていくことのほうが辛かった。ジェットコースターと同じ。下っていく際の、この底なしの浮遊感は、恐怖以外の何ものでもありません。

2004年初夏のとある週末、甲府と上諏訪での講演会のため、新宿駅の南口でわたしは亀谷さんと待ち合わせしていました。亀谷さんは、いつもグレーのパンツスーツに長い黒髪を後ろでまとめたキリリとした姿で立っていました。

「おはようございます」

「あ、おはようございます。あれですね。最近講演の数も減ってきましたよね」

自虐的なわたしの問いに、亀谷さんはいつも何も答えませんでした。いつもクール。いたってクール。

「こちらです」

そのままツカツカと特急あずさ号の停《と》まっているホームまで歩いていくと、無言で指定席の6号車に乗り込んでいきます。わたしは黙ってつきしたがい、案内された座席に座りました。

あらかじめ買ってあった弁当とお茶をわたしに手渡すと、亀谷さんはわたしの左斜め後ろの席に座りました。あえて離れた席の切符を購入するのが、移動時の暗黙の決まりでした。

列車にはわたしたち二人の他に、乗客はほとんど見当たりませんでした。わたしは気付かれないように、そっと彼女のほうを見やりました。

そのまま幾度となく、彼女を見続けました。

粘り強く、視線を送りました。

最初に会ったときからうっすらと、いや、会う度だんだんはっきりしてきた一つの輪郭。

列車が走り出してから20分ほど経った頃だったでしょうか。亀谷さんはメタルフレームのメガネを外し、レンズを拭き始めました。その顔をまじまじと見たわたしの疑惑は確信に変わりました。
ゾクゾクと波打つ背中。
トクトクという鼓動が早まる心臓。
わたしは思わず、その名を叫んでいました。
「ほ、北条頼子ーー‼」
右斜め前からの声を聞くやいなや、彼女は動揺し赤面しました。その赤面が、わたしの発見が事実であることを雄弁に物語っていました。
「♪ここは私のサンクチュアリ
ひとりぼっちのサンクチュアリ
　私はここで輝くの
　力の限り輝くの
　誰のためでもないの
　私は私だもの♪」
何度となく聞いた歌声が、脳内に蘇ります。
そう、亀谷頼子さんは、かつて、20年以上前に『ザ・トップテン』で歌っていたあのアイドル歌手・北条頼子だったのです。
右頬の印象的なホクロが決定打となりました。

またも不思議な巡り合わせ。

心の拠《よ》り所だったわたしの〝人生の歌〟を歌っていた当人と、それと気付かずこうして日々を過ごしていたのですから。

本当に生きていると何が起こるかわかりません。嬉しいことも辛いことも、突然やってくる。去ってはまた何度もやってくる。今は嬉しくて嬉しくて仕方ありませんでした。


「……よく、わかりましたね」

「前から、もしかして？……とは思ってたんです。ああ、やっぱりそうだったんだ」

高校2年の春、ぼんやりとテレビを観ていたわたし。初々しくもつたないステップで必死に歌っていた北条頼子の姿は、今も鮮明に脳裏に焼きついていました。

そうか、だから芸能界にも詳しかったのか。

「俺、あなたの曲に励まされて。高校のときそれで」

奇跡の出会いに興奮状態で、立ち上がり席を移動しかけたわたしに、

「若気の至りです。この話はもうしたくありません」

亀谷さんは、取り付く島もないといった様子で会話を打ち切ると、わたしをすごすごと自分の席へ戻らせました。

その様を見れば、わたしに『表現部』という久しぶりの一等賞をもたらすきっかけとな

ここは私のサンクチュアリ

った『私のサンクチュアリ』が、亀谷さんにとって触れられたくない過去なのだということは明白でした。

人前で不用意に尋ねたことを申し訳なく思いながら、そのまま一言も話すことなく甲府駅で列車を降り、講演会場までタクシーで移動しました。

元アイドルの経歴を隠しイベント制作会社で働く亀谷さん。メッキの金メダルにしがみつきあえいでいる最中のわたしには、過去を隠して生活する彼女の葛藤が、他人事ではありませんでした。

堕ちた者にしかわからない、この辛さ。

過去の自分をプレッシャーに感じながら、それでも懸命に生きていくしかない、現実。

楽屋に通され、一張羅のスーツに慌てて着替え、ブラシで髪を整えるとすぐさま舞台へ。

「それは人間の勝手な思い込みなのではないでしょうか。あきらめない心、それが大事なのではないでしょうか……」

決まりきった文句をただつらつらとしゃべるのみ。客は6割程度でした。

たいした臨場感もないまま講演を終えると再び駅に向かい、特急あずさで今度は上諏訪へ。

ここでも亀谷さんとわたしは無言のままでした。

夜7時、本日2度目の講演会が開演。

「あきらめない心、それが大事なのではないでしょうか……」

客の入りは半分程度。中には居眠りしている人も見てとれました。

講演を終えたわたしと亀谷さんは、宿泊予定のホテルに向かいました。二人分のチェックインを済ませた彼女は、部屋のカギを差し出しながら事務的に言いました。

「では明日。7時出発でお願いします」

すでに踵を返しエレベーターへと歩き出している。わたしは思いきって声を掛けました。

「あの！　よかったら飯でも食いませんか？」

このままにはしたくありませんでした。

亀谷さんは逡巡《しゅんじゅん》していましたが、やがて小さくうなずき、ホテル近くの居酒屋で食事をとることになりました。

これまで半年近く行動を共にしてきましたが、ふたりで食事に行くのは初めてのことでした。

店は閑散としていて客は誰もおらず、大将が店のテレビでニュース番組を観ていました。

二人とも飲むのが嫌いではないことはすぐにわかりましたが、亀谷さんのピッチの早さは予想以上でした。早々と日本酒に移行すると、次々ととっくりを空けていきました。

2時間が経過した頃には、彼女は完全に泥酔状態に落ち入っていました。

「こんなんじゃあ、なかった。こんなんじゃなかったんだよ。トップテン、4回出たんだよ、これでも。4回。マチャアキと写真撮ったんだよ。でも2曲目、3曲目、売れなかったんだよー。で、社長の野郎、金持ち逃げしてよぉ。くそ〜あ〜一発屋だよ、一発屋！」

普段の冷静さはどこへやら、よくしゃべること、しゃべること。メタルフレームのメガネを外し髪を振り乱し、いつもとはまるで違う姿。

それがなんだかわたしには心地よかった。

「俺もこのままいけば一発屋だよ」

「そうかぁ。一発屋同士か、ハハハハ」

豪快に笑い飛ばす彼女を見ていたら、あれほど恐怖に感じていた一発屋が少し怖くなくなっていました。

気付くと、一緒になって笑っていました。自分でも意外でした。

「……お酒入ると面白いね」

「そう？　よしもっと飲もう！　おかわり！」

空になったグラスを持って立ち上がり、亀谷さんは大将のほうへ歩き出しました。

しかし、酩酊《めいてい》状態のあまり、つまずいてドサッと倒れ込む。

「ハハハ……普段は真面目でおとなしい人なんですよ」

呆れたように見ている大将に勘定を頼むと、わたしは華奢《きゃしゃ》な身体をおんぶして店を出ました。

テレビ画面はいつの間にか、『冬のソナタ』に変わっていました。

初夏の風が気持ちいい上諏訪の街。

彼女の重さを感じながら、ホテルまでの道を歩き続けました。

思えば、初対面から一緒に居て間合いがいい人でした。お互い無言で狭い空間にいても気にならない。女難の気があり異性にカッコつけがちな自分が、自然に弱音をこぼせる相手。

「ん……？」

背中から何か聞こえた気がして首を回し亀谷さんの顔を覗いてみると、固く閉じられた彼女の目から、一筋の涙が流れていました。

「……！」

ドキっとして慌てて顔を正面に戻しました。

涙の正確な理由は今もわかりません。

けれどそのときのわたしは、一発屋だった過去を笑い飛ばす強さを持ちながら、人知れず涙をこぼす彼女を愛《いと》おしいと感じました。

わたしの人生に予期せぬいろんなことがあったように、彼女の人生にも14歳のアイドルデビュー以降、きっといろんなことがあったのでしょう。

浮き沈みのない平穏無事な人生なんて、どこにも存在しない。

誰のせいにもできない人生の移り変わりをしっかりと受け止め、耐えて、ただただ前に歩んでいくしかない。

そんな思いをよく知る、彼女もひとりのか弱い人間なのだ。

背中に感じる彼女の温もりに、これまでずっと感じていた孤独が癒えるような、満ち足りた気分を覚えました。それは無人島から帰国して以来、久しぶりの安らかな夜でした。

「昨夜は本当にすみませんでした。深く深く反省しております。本当に申し訳ございませんでした」

翌朝7時、ホテルのロビーでひたすら頭を下げる亀谷さんを、わたしはじっと見つめました。

上諏訪から新宿駅までの帰りの特急あずさ。わたしと彼女は初めて並んで座りました。

朝の弁当を食べ終わるとふたりとも特にやることもなく、スポーツ新聞を読んだり車窓を眺めたりしていました。行きと同様、ほとんど会話も交わしませんでした。

そうこうしているうちに列車は都内に入り、八王子駅に近付いていました。

「付き合ってもらえますか?」

思わず口にしていました。

沈黙ののち、亀谷さんはいつもと変わらぬ事務的な声で答えました。

「お断りします」

フラれました。女性に告白してフラれるの、これで何度目だったでしょうか。

ただ不思議と、これまでの失恋のような絶望はありませんでした。

それからも講演の仕事があるたび、わたしは亀谷さんと地方を行脚し、何度も一緒の電車やタクシーや飛行機で隣り合わせに座り、たまには一泊し、少しずつ距離感を変えながら過ごしていきました。

「付き合いませんか？」

「無理です」

「付き合って」

「仕事中」

「付き合ってくれ」

「……考え中」

わたしは実に、〝これ！〟と決めたら猪突《ちょとつ》猛進な男です。何度でも立ち上がる男です。

亀谷さんはそんなわたしに呆れながら、それでも日課のようなやり取りを多少は楽しんでくれているようでした。

1年が過ぎたある日のこと、福島での講演で、駅からタクシーに乗ったわたしと亀谷さんは会場を間違えて道に迷っていました。

本来の会場は一駅先。

開演時間が迫る中、何でも先日の豪雨で土砂崩れがあったとかで、幹線道路がニッチもサッチも進まず、わたしと亀谷さんはやむなく、タクシーを乗り捨て、会場まで全速力で走りました。

「その信号、左！」

彼女は尋常ではない形相で行き先を示しながら、前へ前へと進んでいく。

その方向は果たして合っているのかどうかわからないけれど、ふたりならどうにでもなるような気がして、彼女の指示するままにわたしは走りました。横断歩道の赤信号、息も絶え絶えに止まったタイミングでわたしは言いました。

「結婚しよう」

信号が青に変わり、わたしは再び走り出しました。

不意打ちが功を奏したのか、しつこく続く告白に亀谷さんも次第にほだされていたのか、いつしか一緒にいることが当たり前になっていたからなのか、後を追う彼女が背後で小さく、はい、と答えるのが聞こえました。

２００５年。〝金メダル男〟ならぬ〝電車男〟が注目を集めていた頃。無人島から奇跡の生還を果たしてから1年半後、こうしてわたしは亀谷頼子と結婚しました。

交際期間０日でのプロポーズを受けた理由を、あとから亀谷さんは〝タイミングと勢い〟と断言しました。彼女のそういう妙に肝が据わったところも、わたしには魅力的でした。

頼子と結婚したわたしは、東横線綱島駅近くのコーポで、人生で初めてふたりで過ごす日々を重ね始めました。

ささやかなふたり暮らし。

ずっとひとりだったわたし。孤独だったわたし。

女性には弱く、運がなかったために結婚には不向きだと勝手に考えていただけに、この幸せは自分でも意外でした。しかし、幸せとは反比例して仕事は激減していきました。

（もうこれからはひとりではないのだ）

責任を感じました。このままではいけない、男としてちゃんとしなければ、と思いました。

わたしは講演のドサ回りに見切りをつけると、職探しに奔走し始めました。

日払いの運送業のバイトで食いつなぎながら、正社員として雇用してくれる就職先を探しました。頼子はイベント会社の仕事を続けながら、そんなわたしを黙って見守っていました。

その日、日払いのバイトを終え帰宅したわたしは、いつものようにシャワーを浴びて食卓につきました。頼子が安い食材で一生懸命つくってくれた手料理を味わいながら、ささやかな団らんを過ごします。

料理は美味《おい》しかったけれど、わたしの口数は少なかった。

41歳にしてこれまで定職とはほぼ無縁のわたしを、正社員雇用してくれる会社は依然見つかっていませんでした。履歴書を送るだけでほとんどが不採用。面接までなかなか進めず、焦りはピークに達していました。

募集要項の条件にすら合わないことも多く、世の中から自分は必要とされていないような気持ちにもなり、落ち込みました。

と突然、頼子が切り出しました。

「ねえ。好きなことやって」

「ん？　好きなこと⁉」

わたしは戸惑い、頼子を凝視しました。

「泉一が本当に好きなことやって。生活費は何とかなる。私、結構給料いいのよ」

静かだけれどまっすぐな口調から、思いつきではなく、熟考したうえで切り出したことがわかりました。

「……私はアイドルを続けられなかった。やりたいこと、好きなこと、誰もが簡単に続けられることじゃないのはわかってる。でも、泉一は、泉一には秋田泉一らしい生き方を続けてもらいたいの」

——秋田泉一らしい生き方。

わたしのことを心底考えてくれている頼子の気持ちが嬉しくて、胸が熱くなりました。

頼子は少し迷ったあと、押し入れの奥の段ボールから古い1枚のドレスを取り出し戻ってきました。それはいつか『ザ・トップテン』で頼子が着ていた緑色の衣装でした。

頼子は恥ずかしそうに打ち明けました。

「聞かれたら、アイドルやったのは若気の至り、本当は興味なんてなかったって答えることにしてる。……だけど捨てられなくて。だってあの頃の私、めちゃめちゃ頑張ってたから……。頑張っても結果出せなかったけど、全然売れなかったけど、それでも頑張ってたあの頃の私のこと、なかったことにはしたくなくて。あのとき頑張ったから今があるんだって……」

頼子の声は少し震えていました。

わたしは自分の中にこみあげてきた感情を、一気呵成に話し出しました。

「……俺さ、俺、一等賞になりたいんだ、何でもいいからさ。ちっちゃいときに駆けっこで一等賞になって金メダルもらって。それが嬉しくてたまらなくて。それから一等賞ばっかり求めるようになって。剣道やったり英語のスピーチやったり、いろんなオーディション受けたり世界一周目指したり。でも、そんな簡単に一等賞は獲れなくてさ。それでもやっぱり一等賞になりたくて。……本当はひとつのことに絞って集中すればいいんだろうけど、俺バカだからさ。いろんなものに手出しちゃあ失敗して、それでも懲りずにまた別のやつに挑戦しちゃあ失敗して。そればっかり繰り返してきて」

頼子は黙って聞いていました。

「無人島から帰ってきてさ、一瞬、〝あ、俺、一等賞獲れた！〟って思ったんだけど、あっという間に落ちちゃって。これまで〝これ！〟っていうものを求めて、へこたれず、懲りずに、何度でも立ち上がってきたけど、さすがにもうダメなのかなって。俺はそんなところを目指せる人間じゃないんだって。現実を思い知ったっていうか……。あと落ちるの怖いなって、それも知っちゃったから。だから、最近は一等賞のこと考えないようにしてて……」

世の中には、才能に恵まれた特別な人たちがたくさんいて、正社員にもなれず社会から必要とされない41歳にしてくすぶっている自分が、その特別な誰かであるはずがないことは、自分が一番よくわかっていました。

「でもさ」

わたしは振り絞るようにして続けました。

「何でもいいから一番になりたいんだ。それやってるときが一番楽しいっていうか、自分らしくいられるんだ……。俺、バカだからさ。俺、バカだから……どうしようもなくて」

頼子にすべてを吐き出したら、何だか泣きそうになり、それっきりわたしも黙ってしまいました。

どれくらい経ってからか、頼子がポツリと言いました。

「それが秋田泉一でしょ」

「え……?」

「『私のサンクチュアリ』聴いて、泉一がひとりで部活を立ち上げたって知って、私、しんどかったけど、アイドルやって本当によかったって思ったの。……人生ってさ、頑張っても思い描いたとおりにはいかなくて、失望することも多いけど、それでも頑張ったらやっぱり報われるんだと思う。だって、あの頃の私がいたから、こうして今、泉一と幸せに暮らせているんだもの」

頼子はわたしのほうに向き直り、軽く微笑みました。

「北条頼子は、私の大切な、大切な思い出。今こう思えているのは、一等賞バカで、『表現部』部長だった秋田泉一のお陰です。……秋田泉一でいてくれて、ありがとう」

不覚にも涙がこぼれました。

嬉しかった。

これまでの41年ごと救われた気がしました。

女難の気があったわたしが、最後に出会った最良の女性。

自分を全面的に肯定してくれるひとの存在とは、なんて大きいのでしょう。なんて大きな、大きな支えとなるのでしょう。認めてくれるひとが近くにいることが、自分の原動力になるのだとあらためて知りました。

気がつくと大声で叫んでいました。

「頼子、俺、二発屋になろうと思う。一発であきらめてたまるか。二発屋、三発屋になってやる！」

蘇った〝何クソ根性〟〝七転び八起き精神〟。そんなわたしの変化を知ってか知らずか、頼子はさらに言いました。

「いいじゃない、二発屋。そうよ。またやればいいのよ。それが秋田泉一よ。……私も一緒に手伝うから」

「手伝う……？」

頼子が口にしたその一言をわたしは聞き逃しませんでした。全身に闘志をみなぎらせたわたしは閃《ひらめ》き、頼子に告げました。

「そうだ、これからはふたりなんだからふたりでやろう。……そうか。その手があったか！」

「……ふたりで⁉」

両目をらんらんと輝かせるわたしのテーブル越しでは、理解に苦しむといった表情をして、頼子が首をかしげていました。


3か月後、わたしと頼子の姿は、横浜の老舗ホールにありました。

練習に練習を重ね、ギネス公認のもと行われた「不眠不休ダンスコンテスト」ペア部門に挑戦するためでした。最初は、

「なぜふたりでやらなければいけないの。〝孤高の天才〟はどうなったのよ」

と、乗り気ではなかった頼子ですが、練習が進むにつれ目つきが変わっていき、当日の朝にはわたしより2時間も早く起床して、入念なストレッチを行うまでになっていました。

さすがは元アイドル歌手です。

根っこには激しい闘争心を秘めていました。

衣装も、アイドル時代の例の緑色のドレスを、ダンス用に自らリメイクしたものに身を包んでいました。よく似合っていました。

いざ本番。

合図と共にジャズが流れ出し、軽快にジルバを踊る参加者たちは総勢24組。

わたしと頼子は笑顔で、これでもか、と激しい振付で踊りまわり、観る者たちを魅了していきました。

しかし、それも最初の30分間だけでした。

人は慣れ、飽きる生き物です。

研究に研究を重ねた、あり得ないほど激しいわたしたちの振付も見慣れるにつれて、新鮮さが失われていきます。世は無常。見物客の数はだんだんと減っていきました。

それでも我慢のダンスは続き、4時間が経過しました。

踊りながらの水分補給、栄養補給は困難の様相を呈し、脱落者も出始めました。バナナを喉につまらせ、吐いてしまう者もいました。わたしと頼子は手に手をとって黙々と踊り続けました。

そして12時間が経過。残り8組に絞られました。

ここからがしぶとかった。その後、16時間経過しても脱落者は一組も出ませんでした。

足にマメができて膝が笑い出します。

20時間が経過。もはやダンスといえる動きではなく、ターンするたびに床に倒れ落ちそうになります。

ついに24時間が経過。計測員も眠くて仕方がないといった様子であくびの連続。この時点で、残り5組。わたしと頼子の目は血走っていました。一発屋同士、並々ならぬ決意の元、始めたダンス。くたばるわけにはいきません。

しかし、30時間が経過したあたりから足が痙攣《けいれん》し始め、どうにもステップがままならない。意識も遠のいていきます。

そして、32時間33分。残り3組となったところで、わたしと頼子はついに手を取り合ったまま床に倒れこんでしまいました。

そのまま医務室に運ばれていきます。ふたりして点滴を受けました。

「……クソ……」

隣のベッドに横たわっている頼子の声に振り向くと、幾筋もの涙が頬に垂れていました。わたしよりも悔しい思いをしていたのでしょう。久しぶりの〝挑戦〟でしたから。

わたしは無言で彼女を見つめていました。

半年後、2006年秋、わたしと頼子の姿は『第6回M-1グランプリ』の予選一回戦の会場にありました。

一度敗北したからと言って、簡単に一等賞をあきらめるわたしたちではありません。1025番のゼッケンを付け、上手袖にスタンバイ。

わたしは上下紺色のスーツに黄色の蝶ネクタイ。頼子は例の緑のワンピース。またも頼子は、アイドル時代の衣装を漫才用にリメイクして着ていました。よく似合っていました。お笑いはまったく未知数のふたり。頼子の緊張の度合いはダンスの比ではありませんでした。ガタガタと唇が震えているのがわかりました。

「続いて、エントリーナンバー25番。『東京アイランド』のお二人です」

司会者に呼ばれたわたしたちは、意を決し舞台の中央に飛び出していきます。

「はい、どうもこんにちは。泉一でーす」

「頼子でーす」

「二人合わせて」

「♪アイランド〜　アイランド〜　東京、東京アイランド〜♪」

出だしの挨拶からつまずきました。すべったと明らかにわかる場内の空気に、わたしの額からはおびただしい脂汗が噴き出し始めました。

「あんた、無人島暮らしまでしたんだから、究極の選択は得意でしょ」

けれど頼子はさすが元アイドルだけあって、あんなに緊張していたというのに、舞台に飛び出していったら本番に強いタイプ。

完全に場内の空気に呑まれたわたしを懸命にリードしてくれました。

「無人島に一つ持っていくとしたら何？」

「うーん、家かなぁ」

「持ってけねーよ！」

「あ、あれだ、コンビニ」

「だから持ってけねーよ！　手に持てるくらいの、もっと現実的なもの！」

「うーん、あ、炊飯器」

「米がねぇよ！　電気もねぇよ！」

「うーん、じゃぁやっぱり家族の写真かなぁ」

「カッコつけてんじゃねーよ！　生きてけねーよ！」

わたしと頼子の汗は止まらず、焦れば焦るほどセリフは早口になり、間もテンポも乱れていきました。客席は依然、静まり返ったまま。

「じゃ、お前だったら無人島に何持っていくんだよ？」

「生きるという強い意志」

「気持ちかよ！」

「絶対に帰るんだ、という折れない心」

「いや、まぁ、そりゃそうだけど」

「そして、サバイバルナイフ」

「急に現実的！」

3分の制限時間が無限にも感じられ、途中から心が折れそうでした。

「どうもありがとうございました～」

ようやく最後のセリフに辿りつき、強張《こわば》った笑顔で頭を下げると、まばらな拍手の中、わたしたちは一目散に舞台下手へとハケていきました。

わたしはすかさず頼子に言いました。

「解散しよう」

「あ⁉　あぁ、うん」

「念のために聞くけど……解散ってコンビをだよね？」

「ん？　ああ」

「夫婦をじゃないよね」

「ん？　ああ」

こうして『東京アイランド』のデビュー戦はそのまま解散の場となりました。


半年後、懲りないわたしたちは揃いのユニフォームでテニスコートに立っていました。

「中学のときに、ちょっとかじったことはあるんだ。だけど、ダブルスはやったことなくて。しかも混合ダブルスなんて未知の世界。でもさ、頼子もやったことあるんだったら可能性はゼロじゃないよね」

サーブの構え。厳しい表情でコートの先を見据えるとボールを空中に放り上げます。

その瞬間、頼子が言いました。

「赤ちゃん、できたみたい」

その声に動揺したわたしは、ボールではなくラケットを高だかと放り投げていました。

頼子の言葉が頭では理解できていながら、あまりのことに声も出ない、そんな状況。

頼子はわたしの動揺をどう勘違いしたのか、わたしの目を見て続けました。

「泉一、わたしにはかまわないで。あなたは今のまま、思うように好きなことをやっていって」

けれど、頼子の言葉を聞くやいなや、わたしは叫んでいました。

「できるか！　こんな大事なこと放っておいて、好きなことだけやっていけるわけないだろう！」

いつになく語気を荒らげたわたしに、頼子は気圧されたようでした。

子供ができた。

その事実を前に、すべての計画はふっ飛びました。いや、言い方が悪かったですね。嬉しい誤算です。わたしの新たな方向性は瞬く間に決まりました。

「なぁ、何でもいい。俺にできる仕事があったら紹介してほしい。何だってやるから。お願いだ！」

のです。
わたしは恥も外聞もなく頼子に懇願しました。
イベント会社で働く頼子のツテに頼るほうが、自力で探すより見つかりやすいと考えた
のです。

一等賞をあきらめるつもりはありません。

ただ、落ち着くまでしばらくは、家族のことを優先したいと考えました。

頼子に安心して出産してもらうため、生まれてくる子供のため、日雇いのバイトより少しでも生活を安定させたかったのです。

頼子が知人に頭を下げまくって見つけてくれたのが、ピアノバーの仕事でした。わたしはそこで弾き語りを始め、一日3回ステージに出て固定の月給をもらいました。

「♪雨の中で歌ってるんだ
　Just singing in the rain
　なんて晴れやかな気分
　I'm happy again
　頭上の黒雲を笑ってやるさ
　The sun's in my heart
　恋の準備はできている♪」

ピアノは劇団にいたとき、少々習っただけで覚束ないものがありましたが、英語と日本語の〝和洋折衷〟の弾き語りは、結構な好評を博しました。ここに来て『劇団和洋折衷』がようやく生きてきました。

２００８年、43歳のわたしは遅まきながら一児の父となりました。男の子です。

（お前は、俺みたいになるなよ）

名前は〝一つのことを究めてほしい〟という願いから、「究一《きゅういち》」と付けました。

頼子の両親が病院に駆けつけてくれました。

それまで、定職にもつかず学歴もないわたしを敬遠しがちだった頼子の両親も、このときばかりは手放しで喜んでくれました。

「まぁかわいいこと。初めましてー、おばあちゃんですよー」

「かわいいなぁ。どっち似だ？　まだどっち似でもないかな、ハハハ」

新しい命が世に誕生し、それによってすでに生を得ている我々の関係が変わる。

すべては、究一のお陰でした。

（……究一、生まれてきてくれて、ありがとう）

わたしは何度も心の中で繰り返しました。

頼子は両親とわたしの会話を、ベッドに横たわりながら嬉しそうに聞いていました。

（生きてるって何て素晴らしいんだ。あぁ何だこの気持ち。歌いたい！）

「そうだ！　歌手になろう！」

頼子がかぶせるように言いました。

「あなたにはソロ活動のほうが合ってると思う」

「わかってる。俺ひとりでやる。仕事も続ける。……でも俺、やりたいんだ」

「いいけど。……歌手の世界はそんなに甘くないと思うよ」

経験者の言葉には重みがありました。

「わかってる……。でもこの衝動は抑えられないんだ！」

こうしてわたしは仕事の合間に、ボイストレーニングに通うようになりました。昼間は開店前のピアノバーを貸してもらい、ピアノに向かって作曲に没頭。夜はひとり、リビングで作詞活動。最終目標は、もちろんNHK紅白歌合戦出場です。

努力の甲斐あり、大田区民小ホールで歌手デビューを果たしました。

「これから聴いていただくのは、人の毎日のありのままの生活を詞にしたためた、秋田泉一のオリジナルデビューソングです。聴いてください。『生きるということ』」

究一にインスパイアされて作った曲。わたしは全身全霊で歌い上げました。

「人は～生まれて～♪

飲んで　食べて　眠って　起きて～♪

笑って　怒って　泣いたりしながら～♪

時々排泄《はいせつ》する～♪

ルルル～　ラララ～♪」

シングル総売り上げ枚数は、驚きの２２０枚。そのうち50枚は、頼子がヘソクリで買ってくれたものでした。

程なく、「5歳児レベル」というネットの書き込みにショックを受け、音楽活動から引退しました。

その年のＮＨＫ紅白歌合戦で『千の風になって』を聴いて思いました。仕上がりは違うけれど、着眼点は悪くはなかったのではないか、と。

追い打ちをかけるように、不況によりピアノバーの閉店が決まりました。すぐに別の仕事が見つかるわけもなく、収入は完全に頼子に頼りきり、究一をあやすだけの日々を送るようになりました。

彼女と出会わなかったら、彼女なしでは、わたしは今頃のたれ死んでいたことでしょう。

本当に頼子には頭が上がりません。

毎日退屈そうにしているわたしを見かねて、頼子は自分の本棚に並べていた文庫本を指差し、読書をすすめてきました。

それまでわたしはあまり読書に興味を持ってきませんでした。頻繁に読んでいたのは中3のとき、安田さんの気を引こうとしていたあの頃だけです。

最初は促されるままに読んでいただけでしたが、だんだんとその習慣に心地よさを感じ、流行りのミステリーにはまったのをきっかけに、究一のおむつを替えたり、ご飯を食べさせたり、主夫として育児に追われながら、作品の新旧を問わず読み漁るようになりました。夏目漱石、武者小路実篤、太宰治、村上春樹、伊集院静、東野圭吾——。それぞれの揺るぎのない文学世界にどっぷりとはまりこんでいきました。そして読みふけるうちに、一つの結論に達したのでした。

「書いてみよう」

題材に選んだのは、無人島でのサバイバル生活。これならば自分にしか書けない、他の人には書けない、唯一無二の物語になると確信していました。歌での失敗を反省材料とし、ありのまま描くのはやめました。よりフィクションに、より現実よりも劇的に——。

1年の執筆期間を経て、2009年、わたしはついに原稿用紙800枚に及ぶ長編大作を書き上げました。

タイトル、『もしも無人島でコモドドラゴンに出会ったら』、略して「もしドラ」。

(これがベストセラーになって、芥川賞を受賞。翌年、早くも直木賞を手中におさめる。

そして3年後、100万部突破の第3作が映画化され社会現象に。5年後には、ノーベル文学賞獲得！……フハハハ）

妄想はどんどん膨らんでいき、わたしは一人ほくそ笑みました。そしてそのまま郵便局に駆け込むと、小説すばる新人賞や野間文芸賞など、ありとあらゆる賞に応募しました。

半年後――。わたしはすべてに落選した事実を認めざるを得ませんでした。ただの一つも、佳作にすら引っかかりませんでした。

ある賞の総評を読んだわたしは膝から崩れ落ちました。

「応募作の中には、無人島の生活を描いたものもあったが、リアリティがまるでなかった」

女子高生マネージャーが活躍する「もしドラ」が爆発的な売れ行きをみせていた頃、わたしの作家人生はあえなく終わったのでした。

気付けば、45歳になっていました。

第五章 がんばったで賞

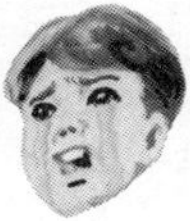

5

七転び八起きにも程がある？　どちらかというと七転八倒？　失敗を繰り返すと人は打たれ強くなるんですね？……あれ？　それって褒められてないような……。でも、さすがのわたしも〝ここは一旦落ち着いて時間を掛けていこう〟、当時、そんな風に考え始めたんですよ。いえ、嫁さんは何も言いませんでした。彼女、そういうことを言うタイプの女性じゃないんで。ダンス、漫才、テニス、歌、小説……怒濤《どとう》の挫折が続いて、さすがのわたしも、ねぇ。落ち込みましたから。究一と過ごすうち、わたし自身が仕事をしたくなってきたというのもあります。父親の自覚、なんでしょうか。45歳、もう若くはないと感じ始めた頃でした。

以前より登録していた人材派遣会社から、こんなわたしでも条件を満たす案件が出てきたと仕事の紹介がありました。

わたしは、一も二もなく飛びつきました。

一等賞のことはしばらく脇に置いて、日々大きくなる究一のため、わたしができることは何でもやろうと考えたのです。

派遣されたのは神奈川県郊外、横浜市営地下鉄沿線のショッピングモール。紳士服のテナント内、ネクタイ売り場がわたしの担当でした。

奇《く》しくも、かつての父親と同じ仕事をしていました。

生まれて初めてのネクタイ姿。

これまでバイト生活に慣れていたわたし、最初は戸惑いました。

毎朝6時半に起床。満員電車に揺られ職場へ。朝礼で社員さんや契約社員の人と一緒に大声を張り上げ、立ちっぱなしの接客。お昼はモール内のコンビニでサンドイッチやおにぎりを買って簡単に満たし、午後もワイシャツが汗でぐっしょりになるくらい働いて、夜は夜で、時には先輩のお酒に付き合わされ、夜中の電車で帰宅する。

とはいえ、派遣社員は契約が切れたらそれまで。

だから誰とも一定の距離を置いて付き合っていく。

「おい、そこじゃない。1個下の棚。ほんと、とろいなぁ」

横柄な年下の先輩社員に小馬鹿にされ、叱られながら、固くなってきた頭で必死に業務を覚えました。人前でこっぴどく怒鳴られ、掃除マニュアルを、何度も何度も大声で音読させられたこともありました。

これまでとは180度異なる生活。

楽しかったかと言えばウソになります。もう嫌だ、辞めてしまいたいと思ったこともありました。

でも、ショッピングモールに訪れる人たちは、みんな笑顔でやってきます。それを眺めていると〝もう少しだけ頑張ろう〟そう思えました。

父の日が近付いてくると、ネクタイ売り場は賑わいをみせます。母娘の二人連れが、

「お父さんにはこれが似合うんじゃない？」

なんて会話を交わすのを見ていると、心が癒されました。

無論、ショッピングモールで働いていると、聞きたくないヒソヒソ声も聞こえてしまいます。

「おい、あれ、無人島の……」

「あ、ほんとだ。こんなとこで働いてんだ！」

「しっ！　声が大きいって！」

耳にしたくない会話ほど、本人の耳にはしっかりと届いてしまうもの。

しかし、わたしはそういったお客にも愛想よく振る舞い続けました。

当然、そんな声は聞こえてくるだろうと覚悟はしていましたし、むしろ〝覚えていてくれてありがとう〟ぐらいの気持ちで仕事に臨んでいました。

それも含めて、これが働くということ。家に帰り究一の寝顔を見れば、嫌な出来事も忘れられました。

「秋田さん、屋上の垂れ幕の取り付け、ヘルプお願いします」

「あ、はい、了解しました」

もうすぐ夏だという頃、年下の先輩社員の指示でヘルプに入ったのをきっかけに、次第にわたしの業務はメインから外れ、モール内の整理担当になっていきました。

閉店したテナント内の片付けやフードコートの残飯処理、そして危険を伴う外壁の看板や垂れ幕の設置等々。

要は若い従業員たちがあまりやりたがらないきつい仕事です。

「秋田さん、こんな仕事ばかりやらせちゃって、ほんとすみませんね」

手伝いにいくと、いつも、作業員の沼田さんたちが笑顔で話し掛けてくれました。

沼田さんやその後輩たちは、わたしのことを〝一発屋の無人島男〟といった目では見ない、自然体のとても好感のもてる人たちでした。

「気にしないでください。こんなの無人島に比べたら、なんてことないですから」

車座になってお弁当を食べながら、わたしは笑顔で応えてみせました。

屋上での、ジリジリと太陽が照りつける中での作業は、日陰もなく逃げ場がないことから、毎回、ダラダラと玉のような汗が噴き出てきました。

しかも、地上15メートルの高さでの作業は、常に危険と隣り合わせ。気が休まることがありません。

わたしも沼田さんたちに教えを請いながら、念には念を入れて注意して取り組みました。

しかし、ある日、事件は起きてしまいました。

大きな垂れ幕の上部の取り付けが終わり、次の作業へと移るため、一旦柵に引っ掛けていた命綱のフックを外し、別の柵に引っ掛けようとしたそのときのこと。わたしは暑さにやられ、注意力散漫となり、屋上に設置された足場を踏み外してしまったのでした。

「あーーーーーー!」

という声と共に、わたしはものの見事に地上15メートルのショッピングモールの屋上から、落下していきました。

(やばい!)

瞬時、死を覚悟しましたが、咄嗟《とっさ》に沼田さんがわたしの命綱を手に取ってくれたお陰で、屋上から2メートル下のところで逆さで宙ぶらりんの状態になりながらも何とか止まることができました。

けれど予断は許しません。わたしの身体は、沼田さんの腕一本でギリギリ空中に浮いている状態です。

「危ない！　誰か！」

お客さんの一人が、見るに堪えなくなったのか悲鳴をあげました。

わたしの体重を支えきれず、一緒に階下に引きずられそうになる沼田さんを食い止めようと、背後から若い作業員の大森君が、沼田さんを抱き止め押さえました。沼田さんと大森君、懸命に落下を阻止しようとするふたりに、わたしの命は委ねられていました。

わたしは逆さまの状態のまま、垂れ幕の端に何とか手を掛けようとあがきました。

しかし、もう少し、というところで手が届きません。

沼田さんたちの握力もだんだんと限界が近付いてきたようで、次第にズルッズルッとロープが下がり、それに伴ってわたしも徐々に下へと降下していきます。

いつしか地上には多くの見物客が集まっていて、悲鳴と声援が入り混じった叫び声がうごめいていました。

わたしは体を左右に揺すり、なけなしの力を振り絞って何とか垂れ幕を摑もうと試みました。

1回、2回……。なかなか摑めない。

そのたびに「がんばれ！」「あと少し！」と下から声が掛かります。ついに4度目の挑戦で垂れ幕に手を掛けることができました。

（やった！　これで助かる）

　そう思った直後のこと。沼田さんと大森君の握力が限界を迎え、ロープが一気に下がっていってしまいました。

「秋田さんーーー!!」

　沼田さんの叫び声の中、わたしは必死に垂れ幕にしがみつきましたが、今度はわたしの体重が掛かったことによって、途中まで巻き込んであった垂れ幕がわたしごとクルクル開いて下がっていきます。

「あーーーーーー！」

　けれど、これが功を奏しました。なんと、垂れ幕の開く勢いで自然とわたしの落下は速度がゆるまり、最終的にわたしの体は地上1メートルのところで止まったのでした。

「ふぅ、よかった」

　深いため息。屋上で心配そうにわたしを見下ろしている沼田さんと大森君。ふたりは紛《まご》うことなき命の恩人でした。「ありがとう」と目線でお礼をすると、そのままストンと地上に降り立ちました。

　と、事の成り行きを見守っていた大勢のお客さんたちからにわかに大拍手と歓声が湧き起こりました。お客さんたちはみな、興奮状態でした。

「すごい！」

「ヒヤヒヤしたよ〜」

「かっこよかったーー！」

そしてわたしの身体と一緒に降りてきた垂れ幕、その「夏の一掃セール　全品5割引」の大きな文字は、集まっていた大勢のお客さんの注目の的となっていました。

「危なかったけど、これって結果、いい宣伝になったんじゃないの？」

誰かの一言で、ドッと笑いが起きました。

久しぶりの拍手と歓声。

「すみません、ご心配かけて」

頭を下げながら、いつしか笑顔になっていました。

わたしという人間の業。

こんなときでさえ、誰かに注目されるということがやっぱり好きなのでした。

「いいぞー、無人島男！」

「こんなの無人島に比べたら、なんてことないです」

わたしの言葉を受けて、さらに湧く人々。わたしは懐かしいその感覚に、しばし酔いました。


翌週、新しく赴任してきた支店長に呼ばれ、訳もわからず会議室へと急ぎました。派遣社員のわたしが支店長と話すなんて初めてのことです。

支店長は、手を揉《も》むようにして待ち構えていました。

「秋田君、この間のあれ、評判だったねぇ。アクロバットＰＲっていうの、あれよかったよねぇ」

「はぁ……」

支店長は猫撫《な》で声で続けました。

「どうだろう、あれまたやってみるのって」

意外な提案でした。

「今度は意図的にスタントみたいな形でさぁ。もちろん安全面には細心の注意を払って。週末中心に平日もときどき。この間みたいに垂れ幕ズルズル〜って。君ならできると思うんだよねぇ。そしたら君、あっという間に人気者になっちゃうよ」

支店長は媚《こ》びるようにまくしたてました。

支店長の目的が、ショッピングモールの活性化、ただその一点であることはすぐに見てとれました。

わたしは、あえて即答を控えました。

「あのぅ、それをやるからには……その……」

「もちろん、給料は大幅アップ。これは保証します」

「それでしたら……まぁ、やってみます」

内心を悟られぬよう、乗り気ではないという体で依頼を受けましたが、お腹の中ではガッツポーズをしていました。

究一もどんどん成長していきます。給料アップは魅力的でした。

でも、それだけが理由ではありません。

あの日、地上から送られたお客さんたちの拍手と声援が、忘れられなかったのです。チャンスだ。

きっとこれは、一等賞のことを脇に置いて頑張ってきたわたしに神様がくれたチャンスなのだ。

全身に力がみなぎるのを感じました。

わたしは、このショッピングモールに4度目の〝サンクチュアリ〟を見つけたのでした。

翌月からわたしのアクロバットPRショーが始まりました。支店長の思惑通り、回を重ねるたびに人気に火がつきました。

「皆さんどうも！　無人島から帰ってきた不死身の男・秋田泉一です！」

「よ、待ってました！」

屋上からわたしが現れると、声が掛かりました。

気持ちよかった。

「本日の割引セールはこちら～！」

掛け声と共に、下へと勢いよく降り始めていくわたし。息を呑んで見守るお客さんたち。

わたしは壁の突起や排水管などを手の引っ掛かりや足の支えにして器用に垂れ幕に近付き、ジャンプして垂れ幕に抱きつくとヒモを引っ張りました。すると垂れ幕がスルスルと開いていき、「秋の大感謝祭　10日11日」「オータムセール　紳士服全品3割引」などといった大きな文字が現れる仕掛けでした。

毎回、「おお～っ」という歓声があがりました。

同時にわたしもスルスルと降りていき、地上に見事着地すると、あちこちから拍手が巻き起こる。

「秋田さん、カッコイイーーっ」

「いいぞぉー！　不死身男！」

「すごい！」

(これだ、これ)

わたしは久しぶりの一等賞に得意満面でした。

危険かどうかなんて考えもしませんでした。

人々の笑顔、称賛、喝采、それがすべてでした。

秋の感謝祭

わたしのアクロバットPRショーは評判を呼び、土日ともなるとわたしのパフォーマンス見たさに人だかりができるほどになりました。

派遣の契約期間が切れかかっていましたが、支店長は1年延長を即座に明言。わたしの一挙手一投足に注目が集まり、追っかけが出るほど、人気はさらに過熱していきました。

あとから知ったのですが、頼子は究一を連れて何度かこっそりわたしのアクロバットPRショーを観に来ていたそうです。

地上15メートルのサンクチュアリ。

心配でいたたまれなかったのでしょう。

そんな頼子の心配にも気付かず、わたしは喜びいさんでアクロバットPRショーに取り組み続けました。


噂を聞きつけたワイドショーの取材もやってきました。

「秋田泉一、華麗なる復活といったところでしょうか」

「いやなんでこんなに人気が出たのか、自分ではわからないです。はい」

久しぶりのテレビ。極力謙虚に答えることにしていましたが、鼻の穴が膨らむのは隠せませんでした。

「巷では〝ショッピングモール界のシルク・ドゥ・ソレイユ〟と言われてるようですが」

「いやーとんでもない。全然レベルが違いますわぁ」

なぜだか関西弁になっていました。

それほど舞い上がっていたのでしょう。

40代も後半戦。ようやく光が見えてきたような気がしました。

2010年、わたしのアクロバットPRショーはショッピングモールの営業利益にかなり貢献していました。

これまで面接にすら進めず、履歴書だけではねられていたわたしが、社会から必要とされている事実が、自信を与えてくれました。

年下の先輩社員たちもあまりの人気に、呆気《あっけ》に取られていました。

浮かれるな、というほうが無理でした。

時折、何か言いたげにしている頼子の視線を感じましたが、本能的に、そういうときは究一に話し掛け、隙を作らないようにしていました。

〝この一等賞のことには触れてくれるな〟

という空気を全身から発しました。

わたしがヘラヘラと締まりのない顔でテレビに出ていた頃、頼子と塩尻の母は、電話でやり取りしていたそうです。

「頼子さん、あなたの言う通り。あんなことばかりやってたら、身体がいくつあっても足りやしないよ。……でもあの子、ああいう頑張り方しかできないのよね」

けれど、母も頼子もわたしの性格をよくわかっていて、今は止めても無駄だと考えていたのでしょう。ふたりとも、何も言いませんでした。


時は流れていきます。

月が変わるごとに、わたしはアクロバットの難易度を勝手にあげていきました。

理由は簡単。だって、人間というのは飽きてしまう生き物です。どんなにすごいことであっても、鮮度を失えば、人は見る価値を見出さなくなる。

これまでの経験が教えてくれました。

今回も同じ。最初は登場するだけで黄色い声が止まなかったというのに、季節が過ぎるごとにだんだんと人だかりは減り、あんなに盛況だったアクロバットPRショーの人気は徐々に下火になっていきました。

わたしは誰よりも、その気配に敏感でした。

支店長が気付く前に、手を打たなくてはと考えました。

わたしは、人々の注目を集め続けるため、さらにアクロバットの難易度をあげました。

垂れ幕へジャンプして飛びつく距離を1・5メートルから2メートルに伸ばしたり、逆さのカッコウのまま垂れ幕と共に頭から落下していったり。

それにもまた観客が飽きるとさらに難易度をあげ、翌月にはもっとあげ……。

それは、幾度となく繰り返されていきました。

次第に明らかに危険度が増し、沼田さんが安全策を取るよう何度となく進言しましたが、わたしは聞く耳を持ちませんでした。

自分を止められませんでした。

みんなからの拍手はそれほど、わたしにとって生きがいだったのです。


けれど誰にも、時の流れを止めることはできません。減りゆく観客が、PRショーの終焉《しゅうえん》が近いことを予見させていた2011年のお正月、無謀なパフォーマンスのせいで、わたしはとうとう怪我をしてしまいました。

正月半額セールの横断幕を、ターザンの如くロープに掴まりながら、仕掛けのヒモを横に引っ張っていたときのことです。

見物客のまばらな拍手を受け、着地しようとした際、一瞬の油断からわたしは壁に激突、そのまま落下してしまったのです。

搬送された病院で下された診断結果は、右足首の骨折。奇《く》しくも中1のとき、体操部の宙返りの失敗で骨折したのと同じ箇所。全治2か月の入院が命じられました。

頼子は3歳になろうとしている究一を連れて、仕事帰りに毎日見舞いに来てくれました。

ある日頼子は、普段は連れてくる究一を実家に預けて、一人で病院に現れました。

いつもと違う空気の緊張感に、わたしは逃げだしたくなりました。

この頃の頼子は、外出先ではメガネではなくコンタクトを使用していました。そのまっすぐな瞳でわたしをじっと見て言いました。

「ねえ、もうやめよう」

硬い、硬い声でした。

「もう充分だよ。……ここが潮時だって、あなただって本当はわかってるんでしょ？」

逃げ道のない問いかけに、すぐには答えられませんでした。その沈黙が、何よりも雄弁に、わたしの狼狽を物語っていました。

「……でも、もう少しやりたいんだ」

ようやく振り絞ったわたしの声は、頼子と同じくらい硬いものでした。

「なんで？　こんな怪我までして」

「それでも、やりたいんだ。できるところまでやってみたいんだ。この通り……頼む」

わたしは頼子の目を見ず、ただ一方的に頭を下げました。正確に言うと、これ以上頼子の目を見ることができませんでした。彼女はすべてを見通しています。けれど引き退《さ》がれませんでした。あからさまにかたくなな態度に、頼子はそれ以上何も言いませんでした。

次にいつ一等賞が獲れるかはわかりません。

情けないけれど、今はこの一等賞に1分でも1秒でも長くしがみついていたかったのです。

だってそうでしょう。頑張る以外、わたしに一体何ができるでしょうか。ただ頑張るしか、ただ頑張って自分なりの未来を手に入れる努力をするしか、わたしにはありません。


しかし悲劇は唐突にやってきます。

想像しえない姿で。

2か月後、退院したわたしが久しぶりに出勤し目にしたのは、ショッピングモール出入口あたりにできた人だかりでした。

「……？」

嫌な予感に導かれながら何事かと近付いてみると、物凄い声量で一人の男が、オペラ調のメロディに乗せて何かを歌い上げていました。

「♪Spring has come～　その前に～

　一掃セールだ～

　3月は全品33％OFF～♪」

50メートル先でも聞き取れるほどの大声量で、劇場の舞台の如く軽くステップを踏みながら、長身で黒髪のその男は高らかに歌っていました。

客たちはそのパフォーマンスに圧倒され、男性の歌声に合わせて自然と拍手が巻き起こっています。かつてわたしに向けられていた何倍もの笑顔が、そのまま、その男性に華やかな居場所を作っていました。

聞き惚《ほ》れずにはいられない魅惑の歌声に、不安が煽《あお》られ、全身に冷たい汗が噴き出しました。

横に目をやると、「ブロードウェイからの凱旋！　ミュージカル俳優・星川雄馬　来店」の大きな看板がありました。

どうりで、付け焼刃の素人アクロバットのわたしとはレベルが違うはずです。プロ中のプロのパフォーマンスに、ショッピングモール中のお客さんは熱狂し陶酔していました。

「♪みんな来てくれ〜　春の感謝祭〜♪」

歌い上げると、ひと際大きな黄色い声援が男性に降り注がれました。

そこには満足そうな支店長の顔もありました。

かつてわたしの元に押し寄せたマスコミも、すでに何社も彼のところに群がっていました。

彼は一躍時のひとに。

そして、わたしは一気に過去のひとに。

〝完全にとって代わられたのだ〟と、肌で感じました。

復帰初日、アマチュアのわたしは、プロの才能を目の当たりにして、ただただ圧倒されていました。

惨めでした。

ひたすら惨めでした。

やがて、わたしに気付いた支店長が声を掛けてきました。

「秋田君、退院したんだ。よかった、よかった」

「あ、支店長。長く休んでしまってすみませんでした。でも、もういつでも再開できますので」

慌てて頭を下げたわたしの言葉をさえぎるように、支店長は顔の前で手を振りました。

「いいよ、いいよ、無理しなくて」

「でも……」

「あのあれさ、危険だからもうやめることにしたから」

「……え」

瞬時、目の前が真っ暗になりました。

「今までご苦労さん」

肩にポンっと置かれた手。

わたしは斜め下を見つめ、呆然と立ちすくみました。

「やっぱりプロは違うねぇ……」

満足げにつぶやき、支店長は去っていきました。

わたしは頭の中が真っ白になり、その場で固まったまま何も考えられなくなりました。

言いようのない喪失感に襲われました。

わたし恒例の無様な結末。

光を浴びては闇に落とされ、浮いたと思ったら沈んで、そんなことの繰り返し。この連鎖から、結局抜け出せないのでしょうか。

ショーが終わり、客がバラけていきます。

わたしの足は、しばらくなお、そこから動けませんでした。


と、テレビの取材を受けていたミュージカル俳優、星川雄馬がわたしを見つけるなり、何を思ったか近付いてきました。

「部長、お久しぶりです」

「え⁉」

想像もしていなかった呼びかけに、わたしは戸惑いつつも、相手の顔を慌てて見返しました。

「……ん？　……あっ！　もしかして三村君⁉」

「覚えててくれましたか？」

驚きました。なんと星川雄馬は『表現部』２代目部長の三村君だったのです。

高校時代、イガグリ頭が印象的だった三村君。

今はウェーブのかかった長髪の三村君。

なんという偶然でしょう。初代部長と２代目部長が、郊外のショッピングモールでこんな再会を果たすなんて。初代部長としては相当立場のない、惨めな再会ではありましたが。

動揺を抑え、わたしは必死に応じました。

「いやぁ、こんなところで会うなんて奇遇だねぇ。びっくりだよ」

別人ともいえる変貌を遂げた三村君でしたが、よくよく見ると太い眉に当時の面影を残していて、やがて再会を懐かしむ思いが少しずつこみあげてきました。

「ミュージカル俳優になったんだ……、すごいねぇ、三村君」

『表現部』時代、誰よりも練習熱心だった三村君。

「ブロードウェイだなんて……頑張ったんだねぇ」

「いや、そんな……」

「いや本当に、すごいよ」

人知れず重ねただろう努力が推しはかられ、わたしは悔しさをこらえ、いつしか素直に祝福していました。

「それより先輩、……表現部、懐かしいですねぇ」

照れくさそうな三村君の言葉に導かれ、わたしの心は、そのまま遥か彼方のあの中庭へと飛んでいきました。

「ああ、本当に懐かしいねぇ、表現部」

打ちのめされた脳裏に、忘れ得ぬ栄光の日々が蘇ります。

『ペール・ギュント』にのせて、ところ狭しと踊った文化祭。翌日、張られた壁新聞。わたしを師と慕い、次第に増えていった部員たち。笑い声と熱気に溢れていた中庭……。

「あれ、何だったんでしょうね」

刹那《せつな》、三村君の言葉が、わたしのそのささやかな最後の拠り所さえなきものにしました。

「えっ……？」

「バカみたいでしたね」

「……！」

「部長が卒業したあと、バカらしくなって4月にはもう解散しちゃったんですよ。ハハハ。桜が散る頃あたりに、表現部も消滅しちゃいました。ハハハ」

言葉を失ったわたしに三村君は続けました。

「まあ、これはこれでバカみたいですけど。ここの支店長、親戚なもんで頼まれちゃって。

仕方なく……。じゃ、失礼しまーす」

三村君は、凍《い》てついたわたしを一瞥すると、気持ち悪いくらい朗らかに笑い、再びテレビクルーのほうへ戻っていきました。

年下の先輩社員たちが三村君のところへ群がり、称賛の声を掛けています。

誰もいなくなったショッピングモールの中庭。

そのままそこに、ひとり取り残されました。

冷たい風にも構わず、わたしは、いつまでもいつまでも、その場に立ち尽くしていました。

その日を最後に、ショッピングモールの仕事を辞めました。

気力をなくし、寝込んでしまったわたしに、仕事を休んで頼子は、少しでも食べてほしいと枕元におにぎりやサンドイッチを置いてくれました。

何も聞かず、何も言わず、いてくれる頼子。

頼子には本当に頭が上がりません。彼女がいなかったら、わたしは今頃廃人になっていたことでしょう。

そんな彼女にわたしは何もしてあげられていません。彼女に心からの笑顔をもたらすようなことをまだ何一つしてあげられていない。

ほんとに自分が情けなく、不甲斐なく……、申し訳ない気持ちでいっぱいでした。

それでもわたしは布団から抜け出すことができず、いつまでもいじけていました。

どれくらい寝込んでいたことでしょう。寝室のドアが開く音に振り向くと、入口に究一が立っていました。ぼさぼさ頭でふて寝していたわたしは、仕方なく起き上がりました。

「……どうした？」

究一は答えず、ただトコトコとわたしのところまで歩み寄りました。

「はい」

究一が小さな声で差し出したのは、金色の折り紙と厚紙でできた丸いメダルのようなもの――手作りの金メダル。

頼子と究一のふたりで一緒に作ったのでしょう。それはどこか、小学校の運動会でもらった駆けっこ一等賞の金メダルに似ていました。

わたしが初めて手にした金メダル。

わたしが、一等賞にのめりこむきっかけになった、あの徒競走の金メダル。

受け取ると表に、〝がんばったで賞〟と書かれているのが目に入りました。頼子に手を添えられながら、究一が一生懸命書いたであろう、そのつたないひらがなの文字。〝賞〟はきれいな頼子の文字。

駆けっこ一等賞以来ずっとカラ回りし続けてきた、転がり続けてきた、何度倒れても立

ち上がってきたわたしに贈られた、家族からの金色のメダル。〝がんばったで賞〟。自分を全面的に肯定してくれるひとの存在とは、なんて大きいのでしょう。なんて大きな、大きな支えとなるのでしょう。

こらえきれなくなり、わたしは手作りの金メダルを握りしめると、布団を頭からかぶり、おいおいと泣き始めました。

「パパ、どうしたの？」

困ったように究一が尋ねました。

究一も、もう3歳。幼いなりにわたしの様子のおかしさを感じているのでしょう。

「パパ、何で泣いてるの？」

心配そうな究一の声。

部屋の入口では、頼子が中の様子をそっと窺っていました。

頼子には本当に頭が上がりません。

頼子にも究一にも心配ばかりかけて、わたしはほんと、情けない、不甲斐ない、どうしようもないバカな父親です。

ふたりには感謝してもしきれない。

（ありがとう、究一。……ありがとう、頼子）

布団の中、涙が溢れ出て、嗚咽《おえつ》が止まらなくなりました。

嬉しいのか悲しいのか、自分でも説明がつきません。男として、父として、複雑な気持ちでやりきれなくて、あとからあとから涙と鼻水がごちゃ混ぜになって流れていきました。

わたしは、泣きながら究一をきつく抱きしめました。苦しがって腕から逃れようとする究一をさらに強く抱きしめながら、わたしはただただ泣き続けました。

小学校のあの日以来、一等賞にとりつかれてきたわたしは、この日、何物にも代えがたいメダルを手に入れたのでした。


ようやく涙が枯れた頃、突然、微動から次第に大きな揺れが起き始めました。

「究一、こっちに来い！」

わたしは布団をかぶり究一を抱きかかえたまま、寝室を飛び出しリビングへ向かいました。

「頼子！」

部屋の入口でしゃがみこんでいた頼子も呼び寄せ、テーブルの下、３人で布団にくるまり床に伏せました。

そのまましばらく揺れはおさまりませんでした。

２０１１年3月11日。

わたしたち家族だけでなく、日本中が、忘れられない一日となりました。

第六章 全力で生きていく

コーヒー、お代わりしてもいいですか？　ありがとうございます。はい、同じもので大丈夫です。一気に話してきたから、さすがに喉が渇きました。聞いてるあなたも大変ですよね。もうあと少しですよ。あと残りは5年分だけですから。

わたしの次はこの『東京オリンピック生まれの男』のインタビュー、誰がやるか決まってるんですか？　堤真一さん、阿部寛さん、近藤真彦さん、B'zの稲葉さん？　すごいじゃないですか。大スターばかり。そんな方々と並んでわたしが入れていただけるなんて、嫁さんが知ったら喜びます。え？　その4名にオファーはしているが、まだ返事が来てない、確定しているのは出川哲朗さんだけ……？　それはそれで何というか、ご苦労様です。いや、きっと彼ならば面白いお話が聞けるんじゃないでしょうかね。わたしが『劇団和洋折衷』に居た頃、彼もまた『劇団シャ・ラ・ラ』のリーダーとして活躍していたはずですから。

再開します？　あ、でもまだコーヒーが……。あんまり遅くなりたくない？　それじゃ

残り5年分、続けるとしましょうか。

東日本大震災から1年後、47歳になっていたわたしは家のすぐ近所にある写真館で現像の仕事に就きました。

デジカメ全盛の時代です。昔と違い、プリンターで各家庭でもすぐに印刷ができてしまうため、需要の多い仕事ではなく、給料も決してよくありませんでした。

けれど、この仕事はわたしに合っていました。

これまでとは打って変わった穏やかな日常がそこにはありました。

店先に張り出されていた募集告知を見て応募したのですが、震災で倒壊した家の片付けをする際、ボランティアの方が持ち主に戻すべくアルバムや写真は優先的に収集しているというニュースを見たことも大きかった。

わたしは決められた手順に従い、データを確認して、機械に転送して、明るさやピントを調整しながら淡々黙々と、けれどやりがいを持って、写真を現像し続けました。

最後の工程、できあがった写真を最終チェックのため見るのが好きでした。

中にはレースクイーンの足だけをひたすら何十枚も写したものや、盗撮まがいのものなど気持ち悪い写真もありましたが、現像が依頼されるもののほとんどは、家族や友人、恋人たちとの写真でした。

家族旅行をはじめ、運動会、修学旅行に卒業旅行。全員顔が真っ赤で浮かれている慰安旅行。バッチリ決めたピアノやバレエの発表会。結婚、出産、還暦、ひ孫まで大集合の100歳のお祝い等々、長い人生の中で、あとから振り返ったときに節目となるであろう一枚たち。

そこには、それぞれの家族の物語が垣間見えました。それぞれの幸せの瞬間が切り取られていました。

現像の仕事をする中で、望遠カメラを駆使したプロ顔負けの人物写真、風景写真をたくさん目にしました。

究一の成長記録をできるだけきちんと残したいという思いが自然と芽生え、わたしは小遣いをためて、あの中東でのにわか戦場カメラマン以来、再び一眼レフカメラを購入しました。

4歳になった究一はコロコロとよく笑い、よくしゃべります。

「パパ、パパ」

と呼んでくれるたび、どこの家庭でも共通するであろう幸福を噛みしめました。

頼子のお陰で、すくすくと順調に育っています。

なぜか〝今〟のウルトラマンではなく、わたしが幼少の頃、テレビにかじりついていた

〝昔〟のウルトラマンのＤＶＤにはまっている。

血のなせるわざでしょうか。

わたしは飽きることなく究一を活写し続けました。

そのうち近所を散策しながら自分でも写真を撮ってみようと、見よう見真似で公園の草木や花を接写したり、遅々として車が進まない高速道路を望遠レンズで写したりするようになりました。

これが意外と楽しかった。

いい趣味になりました。

次第に、風景だけでなく、許可を得て人物写真にも挑戦するようになりました。

熱心にトスバッティングをしている野球少年。

ずーっと携帯電話をいじっている女子高生。

小さな神社の前で、犬を連れたまま手を合わせてお祈りしている男の子。

外の喫煙所でモウモウと煙を吐いているサラリーマンの集団。

渋谷のマツモトキヨシの前で大汗かきながら呼び込みのパフォーマンスをやっている営業マン。

わたしが写真の対象に好んだのは、それら、いろんな場所でひっそりと息づいている人たちでした。特に、何かに打ち込んでいる人をそっと切り取るのが好きでした。

森林公園で、小さな奇跡にも遭遇しました。

レンタルの子供用自転車。広場の一角にコースが設けられていて子供たちが楽しそうに漕《こ》いでいました。するとそれまで補助輪付きの自転車に乗っていた究一が、今日は自分も補助輪なしで乗りたいと言い出したのです。

まだ4歳。そんなすぐには無理だろうと思っていたら、なんと15分もしないうちにスイスイと漕ぎ出したのです。

「パパー、やったよー」

自転車を降り、屈託のない笑顔で駆けてきた究一を、写真を撮るのも忘れて抱きしめました。

この子の恐るべし習得能力。

やはり親譲りなのでしょうか。

静かに時は流れ2013年秋、49歳になったわたしは、渋谷で何度も見かけた呼び込みの青年に感化されて、久しぶりに秋葉原へと赴きました。

『劇団和洋折衷』で活動していた頃、劇団仲間に誘われ、大型電器店の店先で呼び込みのバイトをしたことがあったのを思い出したのです。

街は、当時とすっかり様変わりしていました。

単に大型電器店が立ち並ぶ街ではなく、会いにいけるアイドルとやらがあまたいる街、オタクをより一層吸引する刺激的な街へと進化していました。

わたしはここでも、いろんな表情に向けてシャッターを押していきました。メイドカフェのチラシを配っている女の子たち。アイドルの追っかけに余念がない男の子たち。

いつの時代も、形はどうあれ何かに打ち込んでいる若い人の姿というのは絵になるものです。若いって素晴らしい。

ある昔ながらの電器店の前でわたしはふと立ち止まりました。そこには大型のテレビが何台も並んでいて、実に壮観でした。

目の前の一番大きなサイズのテレビではバラエティ番組を放送していて、どうやらおネエ特集をやっている様子でした。

「え……⁉」

立ち去ろうとした瞬間、わたしは画面の中、一人のおカマちゃんに目が釘付けになりました。〝彼女〟は司会者にいじられ、楽しそうに笑っていました。

「てっぺんとっちゃうぞ」

ポーズと共に〝彼女〟がそう口にすると、会場のお客さんに結構ウケていました。

テロップには、『ムラギノール・シュン』。

わたしは衝撃のあまり叫んでいました。

「む、村田君……⁉」

画面の中、一発ギャグを繰り出す〝彼女〟は紛れもなく『劇団和洋折衷』の座長、村田俊太郎君だったのです。

何ということでしょう。

共に20代だったあの日、劇団の打ち上げの朝に別れたっきりお互いに行方も知らなかった村田君が、今、おネエタレントとして頭角を現しているなんて。

しかも気高き目標だった「天下を取る」を、「てっぺんとっちゃうぞ」と持ちギャグにしているとは……。

わたしはしばらく呆気にとられ、やがてニンマリと笑いました。

さすがはカリスマ座長、村田俊太郎です。

(人間って逞《たくま》しい)

わたしは心の中でエールを送りながら、気付くとテレビ画面に映る村田君に向けてシャッターを押していました。

テレビという世界で息づく村田君。

(頑張れ、ムラギノール!)

「じゃもう一度、てっぺんとっちゃうぞ!」

実にいい笑顔が撮れました。

満足して店頭を離れ歩き出したとき、村田君の手を振りほどき、全力疾走の果てに辿り着いた公園のベンチのことがおもむろに思い出されました。

座り込み、これからは1年に一度、何でもいい、何らかの分野で金メダルを獲ろうと心に決めた、あの日のわたし。

あれから20余年……。

電気店のショーウインドーに目をやると、ガラスに映った49歳の男は、あの頃とは違う、憑《つ》き物が落ちたような穏やかな、けれど、少し緩んだ顔をしていました。

(これでいいんだ)

自らに言い聞かせるようにして、その場を後にしました。

街の至るところでAKB48の『恋するフォーチュンクッキー』が流れていました。

「未来はそんな悪くないよ」

という歌詞が耳に残りました。

ある日、珍しく父から電話がありました。

母が交通事故に巻き込まれ、腰の骨を折って入院したと。

手術も無事に済み、幸い命に別条はないようでしたが、わたしは慌てて新宿駅から特急あずさに飛び乗り、入院先の松本へと向かいました。

松本駅を出てタクシーに乗り、病院に着くと4階の部屋へと急ぎ足で向かい、中に入ります。

「あら、ごめんねぇ。わざわざ来てくれて。交通事故なんて生まれて初めてよ」

4人部屋のカーテンに仕切られたベッドの上、意外にも元気そうな母の顔を見て少しホッとしました。

「ふん、よそ見ばっかりしてるからこんな目に遭うんだ」

声のするほうへ目を向けると、父が窓際に立っていました。

「お父さん」

「久しぶりだな、泉一。ま、あれだ。ひとり旅はもう終わりだな」

父はどことなくぶっきらぼうでした。

「お前が不注意なんだよ」

「だって、あそこの角から車が出てきたことずっとなかったのよ」

いつの間にか小さくなったふたりの身体。

年老いたその身体に目を向けながら、これが両親なりの夫婦の形なのだと思いました。

なんだかんだ言いながらも、母を案じている父。何十回にも及ぶ家出と喧嘩《けんか》を繰り返しながら育まれた夫婦の絆が、そこにはありました。

それからわたしは週に1度、母の見舞いに行くようになりました。頼子と行くこともあれば、時には究一を連れても行きました。


その日は、一人で見舞いに訪れていました。

帰りの特急まではまだ充分余裕がありました。

わたしは空いた時間を利用してカメラを片手に塩尻まで足を延ばし、懐かしい風景や区画整理されて新たに生まれ変わった街並みを写真に収めていくことを思い立ちました。

電車で15分。あの日、涙に濡れて後にした塩尻駅はリニューアルしたばかりで、すっかり様変わりしていました。

ロータリーも整備され、昔の面影はありませんでした。メインストリートも道幅が広くなり、それがかえって淋しさを醸し出しているのかもしれません。

浦島太郎にでもなった気持ちで、そんな街の様子を一枚一枚、丁寧に撮っていきました。

高校生の頃よく立ち寄った映画館・東座にも足を延ばしてみました。今も変わらず営業していて懐かしかった。

と、一人の男が声を掛けてきました。

「秋ちゃん……⁉」

わたしをこの名で呼ぶひとは一人しかいません。

「竹岡君！」

振り向くと、すっかりおじさんになった竹岡君があの頃と同じ笑顔で立っていました。

どんなに年月を経ても、短髪・銀縁メガネのブレなさは見事でした。

塩尻市文化会館での凱旋講演以来、年賀状のやり取りばかりで、こうして顔を合わせるのは10年ぶりだというのに、一言話すだけで一瞬にして高校時代のあの頃のふたりに戻ってしまうのはなぜなのでしょう。

わたしたちは街中の喫茶店へと向かいました。

しばらく他愛もない話に花が咲きました。

それこそさっきの東座で、『クレージーモンキー笑拳』と『薔薇《ばら》の標的』の二本立てを一緒に観た頃には、互いに50歳ちかくになりこうして話すなど、想像もつかない遥か未来のことでした。

けれど、そんな未来を、今、わたしたちは生きている。

何とも言えない感慨がありました。

「秋ちゃんが頑張ってる姿、たまにテレビで見かけて。そのたびに、俺も頑張んなきゃって、ずいぶん励まされたよ」

竹岡君は、何気ない一言でわたしの過去を肯定してくれます。

照れくさかったけど、嬉しかった。

「みんなはどうしてる？」

「元気にやってるよ。大塚は銀行で出世して本部長。田所はマクドナルドの店長とかいろんな仕事をしてたけど、今はオヤジの畑を手伝ってる。美智は3人子供産んで母ちゃんしてる。他の奴らもあと10年したらみんな定年だし、近いうち大きな同窓会やろうって計画してるんだ」

「そうかぁ、みんなもう50歳なんだなぁ……」

それぞれに時を重ねた仲間たちと、互いの50年に敬意を表しながら会いたいものだと、心の底から思いました。

誰の人生も、わたしのそれと同じように波瀾万丈《はらんばんじょう》なものだったに違いありません。それぞれの運命に必死に食らいつき、辿り着いた50歳であることでしょう。

と、突然竹岡君の口から意外な人の名前が飛び出しました。

「あ、そういやさ、『表現部』に横井みどりさんっていたでしょ。1学年下の」

瞬時に、あの高校の表現部でのセクハラダンスが蘇りました。

「あ……ああ、いたなぁ、そういや。……え？　彼女がどうかしたの？」

平静を装ったわたしに、何も知らない竹岡君が告げたのは予想だにしなかった事実でした。

「彼女、先月死んだって」

「え……」

「東京で暮らしていたらしいんだけど、去年、いろいろあって出戻りでこっちに帰って来てたみたいで……。それで突然死っていうの、急に倒れたらしくて」

わたしは言葉を失い、気付くと、竹岡君が、

「大丈夫？」

と声を掛けるほど、ガタガタと体を震わせていました。

（横井さんが、死んだ……）

急用を思い出したから、と竹岡君と近々の再会を約束して別れると、わたしはそのままひとり、かつて〝秋田泉一失恋ロード〟と名付けた川沿いの道へと向かいました。

横井さんの最後の声を聞いた、あの公園近くの思い出の道です。

それからしばらく、河原に座り込み、ゆっくり流れる川をただただ見つめました。

わたしはいまだにわかりません。

何にも悪いことをしていない人が病や事故や災害に遭い、悪人が長生きするということを……。

わたしが知る横井さんは、〝愛の交歓〟などというふざけた振付も一生懸命練習する、とても真面目な優しい女性でした。

そのうえ横浜から転校してきた当時の彼女は、洗練されていて都会の香りがしていました。学校中のみんなが彼女に憧れを抱いていたと思います。誇張ではなく、本当に。ツヤツヤとした黒髪を振り乱しながら創作ダンスに熱中していた彼女の姿。昨日のことのように鮮やかに脳裏に焼き付いています。

どういった理由で彼女が塩尻に出戻って来たのかはわかりませんが、よっぽどのことがあったに違いありません。

苦労がしのばれました。

それなのに、人生まだこれからという年齢で死んでしまうなんて……。

わたしはいつしか、悔し涙を浮かべていました。


幼い頃、わたしは、生きていくということは実に謎に満ちていると感じました。

1分後のことですらわからない。ましてや明日のことなんて誰にもわからない。

50歳になろうとしている今も、当時と何ひとつ変わらず、先のことはわからぬまま。

塩尻に戻って来た横井さんは、昔と変わらず、きっと懸命に過ごしていたことでしょう。

まもなく死が訪れるとも知らず、いつか来る幸せを信じていたことでしょう。

涙がこぼれました。

一生懸命努力をして、精一杯頑張っても、全員が報われるとは限りません。運に見放されっぱなしの人もある。その一方で、予期せぬところで、運によって歯車がうまく回る人もいる。

けれどそんな人生の不条理を前に、人ができるのはただ前を向き歩き続けることだけ……。

「頑張ろう……」

流れる川の水を見ながら、わたしはつぶやいていました。

どんなに不公平でも、納得がいかなくても、人生は進んでいきます。

特別な才能を持って生まれようとそうでなかろうと、報われようと報われなかろうと、自分ではどうすることもできない不幸に突然襲われようと、わたしたちは、頑張る以外、他にできることはありませんから。

目元を拭い立ち上がると、わたしは川沿いの道を歩き出しました。

先のことなんて誰にもわからない。

もしかしたら、わからないからこそ、人は一生懸命になれるのかもしれません。

わたしはそうでした。

駆けっこに始まり、無呼吸王、小手男爵、火起こし大会、秋の大声コンテスト、体操部、陸上部、高校の中間試験、バスケ部、表現部、劇団和洋折衷、自転車世界一周、欽ちゃんの仮装大賞、ピューリッツァー賞、無人島、ダンスコンテスト、漫才グランプリ、歌手、小説家、アクロバットPRショー……。

明るい未来を信じたからこそ、懲りもせず手を出し続けてきました。

挙句、何ひとつものになりませんでした。

こんなわたしを、人生の失敗者と呼ぶ人もいるでしょう。

でもこれだけは言えます。わたしはどんなときだって、全力でした。全力で生きてきました。

あきらめることを知らず、懲りない、へこたれない、実にしつこい男。

それが秋田泉一。

悔しい思いは山ほどしてきたけれど、そうやって生きてきたことに後悔はありません。

誰もいない川沿いの道、わたしは自分を鼓舞するように声を出しました。

変わらずやっていこう。

「頑張ろう！　負けねぇ！」

一度きりの人生です。

また明日からも、秋田泉一らしく再び全力で生きていくだけです。

横井さんの分も。

わたしの足取りは、次第に力強いものに変わっていきました。

それは久しぶりの、力強い足取りでした。

巷では『アナと雪の女王』の映画が大ヒットを記録し、『LET IT GO』があちこちで聴かれていた頃のことでした。


さらに月日は流れ、2015年になりました。

その日、わたしは部屋でごろ寝をしていました。

そこへバタバタと足音がしたかと思うと、頼子が息を切らし、駆け込んできました。

「あなた！　やったわ！」

「ん？　何？……え？　二人目⁉」

寝ぼけ眼《まなこ》で問うわたしに、頼子は違う違うと即座に否定し、興奮を抑えるように一つ大きく深呼吸をしてから言いました。

「あなたの撮った写真がグランプリを獲ったの」

「グランプリ⁉」

「そう、〝全国フォトコンテスト〟っていうのに私、黙って何枚か送ってたのよ。アルバムを見てて、何かこれはいけるかもしれないって思って。あなたの写真、いいなぁって思ったから。そしたらやったのよ。私の勘が当たったの。泉一、一等賞だよ。やったね！」

状況を理解するのにしばらく時間が掛かりました。知らないうちに一等賞を獲るなんて、初めてのことです。寝耳に水、とはまさにこのこと。

「一等賞……」

次第に喜びがこみあげました。

好きで撮りためていた写真が、こんな結果をもたらしてくれるなんて。本当に何が起こるか、未来のことなんてちっともわかりません。

わたしよりも興奮し、一言話しては、「良かったね」を繰り返す頼子の説明をつなぎあわせてようやく理解したところによると、〝全国フォトコンテスト〟は、近年プロへの登竜門にもなっている権威あるコンテストとのことでした。

その夜は、頼子と究一と3人で、頼子が腕によりを掛けたご馳走でお祝いをしました。究一は何のお祝いかよく理解していないようでしたが、嬉しそうなわたしと頼子の様子に、一番はしゃいでいました。

それから徐々にカメラマンとしての仕事が入るようになりました。

だから人生は不思議です。

一等賞のことが頭になかったときほど、思ってもみないほうへ、駒が転がっていったりするのですから。

「北陸新幹線開業に伴う各沿線のメインストリート特集」や「夏の甲子園大会特集」への

撮影取材など、切れることなく依頼が続き、そのたび、記事の下に載せられた「撮影　秋田泉一」の文字がとても誇らしく感じられました。

２０１５年秋、51歳になったばかりの頃、頼子が勤めるイベント会社から、「個展を開いてみないか」と誘いがありました。

頼子の勧めもあり受けたところ、想像していたよりもずっと大勢の人がわたしの写真展に訪れてくれました。

きっと頼子がツテを使ってあちこちに案内を出してくれたのでしょう。その中には、懐かしい顔ぶれもたくさんありました。

川原先生や中野先生、佐野先生など、きっとわたしの扱いには困惑したであろう先生方。中学のマドンナ安田さんは、旦那の丸尾君と共に。

竹岡君は元バスケット部の仲間数人を引き連れてきてくれました。

そして、『劇団和洋折衷』時代の残党たち。みんなスタジオミュージシャンになっていたり、舞台のプロデューサーになっていたり、芸能界という世界のどこかで懸命に生きていました。

さらに当時の恋人、篠宮亜紀さんの姿もありました。彼女は現在、テレビ番組制作会社の女社長となり、バラエティ番組ではその名を知らぬ者はいないほどの存在となっていました。その美貌とショートカットは昔と変わらず。

「久しぶり、秋田君」

「お久しぶりです。よく来てくださいました」

「あら、何、その白々しい敬語」

わたしたちの会話を、それとなく頼子が盗み聞きしていました。女の勘はいつの時代も鋭いものです。

「センイチ！　コングラチュレーション！」

コンテナ船で一緒だったインド人のハムレットも駆けつけてくれました。4年前から再び日本で暮らし始め、現在はＣｏＣｏ壱川越店の店長見習いをしているとのことでした。

懐かしい顔はなおも続き、ピアノバーのオーナーや店長、ショッピングモールで共に働いた沼田さんに大森君。

みんなわたしの成功を我がことのように喜んでくれていました。

「ああ、あなたが竹岡さんですか。はい、秋田さんからよくお名前は聞いてました」

「こちらこそ、夕方のニュースで観てましたよ。〝ショッピングモール界のシルク・ドゥ・ソレイユ〟の陰の立役者だって」

「いやいやとんでもない。ただ秋田さんの命綱をしっかり握っていただけですから。ハハハ」

沼田さんと竹岡君が話している。

それまで自分とタテの関係しかなく、つながりのなかった人たちが交錯し、この場で出会い、触れ合い、ヨコへとつながっていっている。

そして和気藹々《わきあいあい》と語り合いながら、展示されてある写真を一枚一枚、みんな熱心に観ていってくれました。

しばらくはそんな光景を感慨深く、見つめていました。

ふと横を見ると、頼子の心からの笑顔がそこにはありました。

またひとつ、夢が叶《かな》ったようです。

お客さんに挨拶をしながら、わたしは会場の奥までゆっくりと歩いて行きました。

突きあたり、人だかりのところに、〝全国フォトコンテスト〟でグランプリを獲った写真が大きく引き伸ばされ飾られていました。

被写体は、病院前の長い横断歩道を歩いている一組の老夫婦。

左腕をキッと振り上げ、手を伸ばして歩いている姿勢のいい一人の老人。その後方に、荷物を乗せた手押し車の助けを借りながら歩いている腰の曲がった一人の老婆。

それは、左折しようとしている何台もの車を、通らせまいと必死に手を振りかざし制しているわたしの父と、

「ごめんなさい。遅くてごめんなさい」

と、その車の主たちに何度も頭を下げゆっくりと腰をかばいながら歩行しているわたしの母の姿でした。

母の退院の日に、わたしが撮った一枚の写真。

タイトルは、『守る』。

いつもは口の悪い父が、鬼の形相で母を守ろうとしている様に、思わず夢中でシャッターを押した一枚でした。


わたしは、前に立つとその大きな写真を見上げました。

突如、現実なのか幻覚なのか、大歓声が湧き起こりました。

「おめでとう、金メダル」

「やった、一等賞よ」

集まった友人たちが口々に叫んでいる声が聞こえました。

わたしは頼子や究一、先生や友人たちからの地鳴りのような拍手喝采、賛辞の嵐の中、天まで昇っていくような感覚に酔っていました。

それは小学3年、9歳のときに見た、あの光景でした。

一等賞。このなんと素晴らしき甘美な響き。金メダル。この絶対王者、唯一無二の存在。

わたしはこうして、再び一等賞を手にしたのでした。

お代わりのコーヒー、すっかり冷めちゃいましたね。でもいただきます。いやあ、長い長い思い出話にお付き合いいただいて、ありがとうございました。ボイスレコーダー、メモリー容量足りました？　スマホってホントすごいですねぇ。……ハイ、疲れましたけど、こんな風に自分のことを話すなんて初めてだったので、忘れてたこととか思い出せてよかったです。

来る前に思ってたよりずっと面白かった？　何故わたしに白羽の矢が立ったのかわかったような気がする？　それは何より。若いあなたにそう言ってもらえると、素直に嬉しいです。同い年の編集長のためにも、『東京オリンピック生まれの男』の企画、続いてほしいですから。

父が言った「お前には一番の才能がある」の本当の意味ですか？　わたしには一等賞を〝獲る〟才能はなかったかもしれないけれど、一等賞を〝目指し続ける〟才能はあったのではないか、と。もしかしたら一等賞のため、何度でも立ち上がり全力で頑張り続けられることを〝一等賞の才能〟と呼ぶのではないか、って……？　さすがはライター。わたしのとりとめもない話をうまくまとめますねぇ。そういや頼子にも……嫁さんにも似たようなこと言われたことあったなぁ。

……今はカメラマンとしてどんな人生を毎日歩んでいるか、ですか？　いや、わたし、カメラマンはもうやってません。え？　言ってなかったでしたっけ？　びっくりした？　ええ、はい。この後の人生、カメラマンとして歩んでいく……つもりはありません。だって気付いたんです。まだやってないことがあった、って。そう、中1の体操部のときにチラッと思っただけで、わたしが全力を尽くしてやれるだけのことをやってないものが、まだあったんです。

2016年現在、わたしはゴルフの練習に打ち込んでいます。4年後の2020年に開催される東京オリンピックで金メダルを獲るために……！

聞いてない？　そうでしたっけ？　最初からご存じだと思ってました。……だってここ、ゴルフ場ですよ？　練習の合間での取材だったから、わざわざこんな遠いところまで来ていただいたんですから。

取材の終わったわたしは、情報雑誌『アントニー』のライターを見送ると、ギリギリ太陽の残るコースへと急いで戻りました。ほとんどの人がすでに練習を終えていてゴルフ場は閑散としていました。

たまに思うことがあります。

ザセツした数は、もしかしたらわたしが一等賞なんじゃないかって。

30回以上繰り返されてきた七転び八起き。

失敗を繰り返すと、実にそれだけ人は打たれ強くなるものです。

西日の差す小田原のゴルフ場、わたしはドライバーを手にすると1番ホールのティーグラウンドへ立ちました。

またもいばらの道へ。

まったく我ながらとどまることを知らない懲りない男です。

1964年、東京オリンピックの年に生まれたわたしの宿命なんでしょうか。

やっぱり一番が好きなんです。

それを目指して一生懸命やっているときが一番楽しいんです。

心地よい緊張感の中、わたしはゆったりとクラブを構えました。

それに可能性はゼロじゃないと思うんです。

まだ始めたばかりですが、わたしの習得能力は驚異的なものがありますから。

もう少し早く始めてたらリオにも間に合ったかもしれません。実に惜しいことをしました。

集中し一気に打ちおろすと会心のショットとなり、白い打球は、青い空をどこまでもどこまでもまっすぐ飛んで行きました。

きっかけは今年の5月のことでした。
わたしは家のソファでひとり、仕事道具のカメラを磨いていました。
そこへ小学校3年生になった究一が顔を紅潮させて駆け込んできて、言ったんです。
「お父さん、ぼく、駆けっこで一等賞になったよ！」
なんだか負けてらんないなって思いました。
生まれて初めてライバル意識が芽生えた日でした。

あとがき

この小説の元となった一人舞台『東京オリンピック生まれの男』の上演を予定していたのは2011年3月。通し稽古を始めようとした矢先、微動の揺れが大きな揺れへと変わっていきました——。東日本大震災。公演は夏に延期としました。あの頃の記憶は今もはっきりと覚えています。

「先のことなんて誰にもわかりません。わからないからこそ、人は一生懸命に生きていくのではないでしょうか」

そう書いたことは、このことを含め、これまでの自分の経験から出てきたものなのでしょう。

〝だから毎日を悔いなく過ごしていかなければ〟。

でも、できない時だってあります。

多々あります。

だって楽したらいくらだって楽できるから。

常に律していくなんて、ほんの一握りの人にしかできないのでは？

そんなこと思ったりもしていて……。


最初は、生まれてから次々と様々な困難に遭っていく（柱にぶつかったり、池に落ちたり、川に流されたり、崖から落ちたり……）男の半生を描いていこうと思っていました。それが考え進めていくうちに、あらゆる一等賞を獲りにいくバカな男の物語へと変化していきました。なぜそうなっていったのかは自分でも未だにわかりません。その時の〝カン〟だったのでしょう。ただこうしてあらためて考えてみると、困難な状況から脱却するために一生懸命生きる男ではなく、一等賞を獲ることにこだわりさえしなければもっと楽して生きていけるのに、あえて茨の道を選び、七転び八起き、邁進しつづける男の方が魅力的だと感じたのでしょう。

戯曲の初稿は1か月半で勢いのまま書き上げました。


時を経て、２０１５年、『東京オリンピック生まれの男』は『金メダル男』と改題し、映画化する運びとなりました。そして脚本が出来上がっていった夏頃、読売新聞社さんから小説の依頼が。これは全く予想していないことでした。

問題は時間との闘いでした。

執筆時間の確保。映画も同時にやっていたので、映画の撮影場所を探したり（通称ロケハン）、小説書いたり撮影したりはたまたテレビの司会やったり……。けれど、戯曲から脚本、小説と通常とは逆の作業は、驚きと共に映画と小説のそれぞれの足りない所を補い合ったりして、結果、相乗効果になったようにも思います。


一つのことに打ち込めない。

いろんな分野に手を出していく。

おおよそ一般には理解されにくいであろうこの秋田泉一という男の生き様に共感してもらえたら嬉しいです。

２０１６年、文庫本としてこの小説がこうして世に出ていきます。

そしてこの年、熊本地震が起こりました。故郷での出来事に幾度も哀しみがおしよせました。先のことなんて誰にもわからない。ただ懸命に生きていく――。

この本を読んで何かを感じとってもらえたら幸いです。

最後に、素敵なイラストを添えてくださった五月女ケイ子さん、解説を寄せていただいた泉麻人さん、そして共に書籍化に努めてくださった博報堂の細谷さん、読売新聞社の下梶谷さん、小野さん、中央公論新社の川人さん、齊藤さん、ご尽力本当にありがとうございました。

この作品を、従姉妹の美喜子さん、新子おばさん、邦保おじさんに捧げます。

内村光良

解説

内村光良と肉体的な笑い

泉　麻人

ご存知の方も多いかと思われるが、この小説は読売新聞の夕刊に連日掲載されていた。「金メダル男」という表題、五月女ケイ子画伯の昭和風味の挿絵があって〝文・内村光良〟の名前を見たとき、一瞬はてな？　と思ったけれど、これは紛れもなくウッチャンナンチャンのウッチャンである。いかにも昔の新聞小説の体裁をパロッたようなつくりが彼らしい。庭を見渡す書斎で鹿おどしの水音に耳を傾けながら筆を執る、文豪コントのウッチャンの姿が思い浮かんできた。

そして、この「金メダル男」というテーマ、単にオリンピックやスポーツに絡ませた話というわけではなく、１９６４年生まれの著者を基にした題材なのだ。文中では〝東京オリンピック生まれの男〟と表現されているけれど、主人公の秋田泉一はまさに東京五輪の開幕直前、64年9月21日生まれという設定で、これは著者内村の生年月日（64年7月22日）とも2か月違い。物語は、50代になった現在の秋田が、雑誌インタビューを受けながら半生とその時代を回想する——という体で進行していく。

「金メダル男」のタイトルのとおり、主人公の秋田という男、小3の運動会の徒競走でトップを獲って以来、一等賞にこだわった人生を歩むことになる。水泳では50メートル息継ぎなしの無呼吸泳法で周囲を驚かせ、剣道では小手一本で勝負する〝小手男爵〟の異名で評判を取る。中学で体操部、さらに陸上部に転部するくだりにこんな理由づけがある。「理由は簡単明瞭。個人種目がたくさんあるから。小学4年のドッジボールで見切りをつけた団体競技への抵抗感は変わらず、授業中も休み時間もひとりぼっちで過ごすことしか知らないわたしには当然の選択でした」

その真骨頂というか、秋田クンの個人競技部活人生が一つのピークを迎えるのが高校時代。自ら「表現部」なる部を立ち上げて、学校の中庭で詩の朗読や創作ダンスの活動にふける。時代は1980年、ブレイクしていた田原俊彦『哀愁でいと』の振り真似がウケたのと、北条頼子というアイドルの『私のサンクチュアリ』ってナンバーに触発されたのが発端だ（後者の北条は作中の創作人物）。

文化祭の催しで、グリーグの『ペール・ギュント』（おそらく、『朝』のパートだろう）をラジカセで流しながら、ひとり中庭で「坂本竜馬」の生涯をテーマにした演舞を披露する場面は印象的だ。

「わたしは当惑気味の周囲に目もくれず、感じるがまま思うがまま坂本竜馬の一生を夢中で演じ踊っていきました。中庭の四方にも手作りの看板を設置してあって、左回りで踊りながら進んでいきます。

最初に辿り着いた看板の紙をめくると、そこには「脱藩」の文字。生まれ育った故郷に別れを告げ旅立っていく竜馬。その苦悩と新たなる一歩をパントマイムと3連続ターンで伝えました。」

この後、「暗殺」に向かって踊りもエスカレートしていくわけだが、こういったパフォーマンスは内村のお家芸。これを書くちょっと前にNHKの『LIFE!』で観た「梅雨入りぼうや」という秀逸な日舞ネタのシーンが重なった。

ところで、僕が内村氏と初めてお会いしたのは、もうかれこれ30年前。当時〝新人類〟などと呼ばれていた僕が慣れない司会仕事をした『冗談画報』というフジテレビの深夜番組でのこと。新進のバンドやお笑い芸人を紹介するライブ形式の番組で、彼らデビューしたてのウッチャンナンチャンも登場した。ネタで印象に残っているのは、当時町なかに増え始めたレンタルビデオ店やコンビニ（と、まだ省略系で呼んでいなかったかもしれない）をシチュエーションにしたショートコント。同じ〝トレンドスポット〟でも、ディスコやカフェバーのギャルまわりのネタを得意にしていたナンパな体育会系・とんねるずに対して、ウンナンは文化系というか、六本木や西麻布ではなく、中央線沿線や下北沢界隈を根城にしたオタク、サブカル系のニオイがした。

体躯もガリガリにヤセていたウッチャンにスポーツマンのイメージは希薄だったけれど、

あの時代から〝顔が似ている〟という理由でジャッキー・チェンのネタはけっこうやっていたはずだ。おそらく、チェンやブルース・リーのカンフー映画を糸口に、徐々に身体を使った笑い、筋肉の動きのおかしさ……といったことに興味がふくらんでいったのだろう。『イッテQ』や『LIFE！』そしてこの小説を読むと、彼が人の肉体に注目していることがよくわかる。相当飛躍的にいえば、三島由紀夫の方向性に近付いているのかもしれない。

そう、この小説は主人公の生い立ちとリンクする時代の出来事やヒット曲を辿るのも楽しい。仮面ライダー、太陽にほえろ、ノストラダムスの大予言、22歳の別れ、勝手にしやがれ……。中年世代あたりからの時代経過はグッとスピードアップして、読者の意表をつくような展開が用意されている。映画化も進行している、と聞いたが、フェリーが沈没して無人島に流れ着くあたりのパートは、CG使用のアクションを想定したものかもしれない。

そして、こいつ誰だっけ？　というような初期のキャラがひょっこり再登場するのもこの作品の醍醐味。決して濃いつきあいではないけれど、一度使った駒はそう簡単に捨てない。著者の〝クールなやさしさ〟が感じられる。

（いずみ・あさと　コラムニスト）

本書は、『読売新聞』（夕刊）に二〇一六年四月四日～六月二〇日まで掲載したものを収録。

本文イラスト／五月女ケイ子

中公文庫

金《きん》メダル男《おとこ》

2016年 6 月25日　初版発行

著　者　内《うち》村《むら》 光《てる》良《よし》

発行者　大 橋 善 光

発行所　中央公論新社
〒100-8152　東京都千代田区大手町1-7-1
電話　販売 03-5299-1730　編集 03-5299-1890
URL http://www.chuko.co.jp/

ＤＴＰ　嵐下英治
印　刷　三晃印刷
製　本　小泉製本

Published by CHUOKORON-SHINSHA, INC.
Printed in Japan　ISBN978-4-12-206263-4 C1193

中公文庫既刊より

各書目の下段の数字はISBNコードです。978-4-12が省略してあります。

い-115-2
それを愛とまちがえるから
井上荒野
愛しているなら、できるはず？　結婚十五年、セックスレス。妻と夫の思惑はどうしようもなくすれ違って……。切実でやるせない、大人のコメディ。
206239-9

か-61-3
八日目の蟬《せみ》
角田光代
逃げて、逃げて、逃げのびたら、私はあなたの母になれるだろうか……。心ゆさぶるラストまで息もつがせぬ傑作長編。第二回中央公論文芸賞受賞作。〈解説〉池澤夏樹
205425-7

い-117-1
ＳＯＳの猿
伊坂幸太郎
株誤発注事件の真相を探る男と、悪魔祓いでひきこもりを治そうとする男。二人の男の間を孫悟空が飛び回り、壮大な「救済」の物語が生まれる！〈解説〉栗原裕一郎
205717-3

か-61-4
月と雷
角田光代
幼い頃暮らしをともにした見知らぬ女と男の子。再び現れたふたりを前に、泰子の今のしあわせが揺らいで……偶然がもたらす人生の変転を描く長編小説。
206120-0

き-40-4
化学探偵Mr.キュリー3
喜多喜久
呪いの藁人形、不審なガスマスク男、魅惑の《毒》鍋——学内で起こる事件をMr.キュリーが解き明かすが、今回、彼の因縁のライバルが登場して⁉
206123-1

く-19-8
江古田ワルツ　喫茶〈ひとつぶの涙〉事件簿
鯨統一郎
江古田にある日本茶専門喫茶店に通う客たちの悩みを、年齢不詳、自称・元サイコセラピストで元警視庁プロファイラーのママが鮮やかに解決する。全六話。
206203-0

こ-40-18
鬼龍
今野敏
古代から伝わる鬼道を駆使し、修行中の祓師・浩一は最強の亡者に挑む。「祓師・鬼龍光一」シリーズの原点となる傑作エンターテインメント。〈解説〉細谷正充
205476-9

さ-69-1
ミリオンセラーガール
里見　蘭
百万部の仕掛け人、ここにあり！　ファッション誌の編集者に憧れて出版社に転職した沙智の配属先は、販売促進部――通称〝ハンソク〟。営業女子の奮闘が始まる！
206124-8

さ-73-1
名作うしろ読み
斎藤美奈子
名作は〝お尻〟を知っても面白い！　世界の名作一三二冊を最後の一文から読み解く、斬新な文学案内。文豪たちの意外なエンディングセンスをご覧あれ。
206217-7

し-39-1
リビング
重松　清
ぼくたち夫婦は引っ越し運が悪い……四季折々に紡がれる連作短篇を縦糸に、いとおしい日常を横糸に、カラフルに織り上げた12の物語。〈解説〉吉田伸子
204271-1

し-39-2
ステップ
重松　清
結婚三年目、突然の妻の死。娘と二人、僕は一歩ずつ、前に進む――娘・美紀の初登園から小学校卒業まで。「のこされた人たち」の日々のくらしと成長の物語。
205614-5

し-39-3
空より高く
重松　清
廃校になる高校の最後の生徒たる「僕」の平凡な省エネ生活は、熱血中年教師の赴任によって一変した――きっと何か始めたくなる、まっすぐな青春賛歌。
206164-4

し-43-2
たったひとつの花だから
新堂　冬樹
十八歳の読者モデルから五十五歳の元CAまで、五人の女性を同時に愛する長谷川翼。花店「花言葉」の店長を務めるこの男は、無垢な悪魔か、邪悪な天使か？
206155-2

た-30-55
猫と庄造と二人のをんな
谷崎潤一郎
猫に嫉妬する妻と元妻、そして女より猫がかわいくてたまらない男が繰り広げる軽妙な心理コメディの傑作。安井曾太郎の挿画収載。〈解説〉千葉俊二
205815-6

と-25-36
ラスト・コード
堂場　瞬一
父親を惨殺された十四歳の美咲は、刑事の筒井と移動中、何者かに襲撃される。犯人の目的は何か？　熱血刑事と天才少女の逃避行が始まった！〈解説〉杉江松恋
206188-0

各書目の下段の数字はISBNコードです。978－4－12が省略してあります。

と-26-26
早雲の軍配者（上）
富樫倫太郎
北条早雲に見出された風間小太郎。軍配者となるべく送り込まれた足利学校では、互いを認め合う友に出会い――。新時代の戦国青春エンターテインメント！
205874-3

ふ-47-1
こんにちは刑事《デカ》ちゃん
藤崎　翔
刑事・羽田は殺人事件の捜査中、犯人に撃たれ殉職した――はずだった。目がさめると、なんと姿が赤ちゃんに!? 笑って泣ける、衝撃のユーモアミステリー。
206244-3

ほ-17-10
主よ、永遠の休息を
誉田哲也
この慟哭が聞こえますか？ 心をえぐられた少女と若き事件記者の出会いが、やがておぞましい過去を掘り起こす……驚愕のミステリー。〈解説〉中江有里
206233-7

み-48-1
笑うハーレキン
道尾秀介
全てを失った家具職人の東口と、家無き仲間たち。そこに飛び込んできたのは、謎の女と奇妙な修理依頼――巧緻なたくらみとエールに満ちた傑作長篇！
206215-3

や-53-11
リンクスⅢ Crimson
矢月秀作
レインボーテレビに監禁された嶺藤を救出するため駆けつけた日向の前に立ちはだかる、最凶の敵・クリムゾン。その巨大な陰謀とは!? 「リンクス」三部作、堂々完結！
206186-6

や-61-1
展覧会いまだ準備中
山本幸久
新米学芸員の今田弾吉は、目の前の仕事に精一杯で自らの企画展を実現させるなんて遠い夢。だが、OBから託された一枚の絵が、彼の心に火を付ける！
206205-4

よ-43-2
怒り（上）
吉田修一
逃亡する殺人犯・山神はどこに？ 房総の港町で暮らす愛子、東京で広告の仕事をする優馬、沖縄の離島へ引越した泉の前に、それぞれ前歴不詳の男が現れる。
206213-9

よ-43-3
怒り（下）
吉田修一
田代が偽名を使っていると知った愛子、知らない女とカフェにいる直人を見た優馬、田中が残したものを発見した泉。三つの愛の運命は？ 衝撃のラスト。
206214-6